상아의 문으로

구병모 장편소설

상아의 문으로

초판 1쇄 발행 2021년 11월 20일
초판 5쇄 발행 2024년 11월 12일

지은이 구병모
펴낸이 이광호
주간 이근혜
편집 조은혜 최지인 이민희 박선우 방원경
펴낸곳 ㈜문학과지성사
등록번호 제1993-000098호
주소 04034 서울 마포구 잔다리로7길 18(서교동 377-20)
전화 02) 338-7224
팩스 02) 323-4180(편집) / 02) 338-7221(영업)
전자우편 moonji@moonji.com
홈페이지 www.moonji.com

ISBN 978-89-320-3925-1 03810

상아의 문으로

구병모 장편소설

문학과지성사

지금 이 순간에 우리가 누워 잠자고 있고
그러면서 우리가 생각하는 모든 것들을 꿈으로 꾸고 있는 것인지,
그게 아니라 우리가 깨어나 있으면서
생시에 서로 대화를 나누고 있는 것인지를
어떤 이가 물어올 경우,
어느 쪽인지를 입증할 증거가
뭐가 있겠느냐는 것 말일세.

__ 플라톤, 『테아이테토스』 158c*

* 플라톤, 『테아이테토스』, 정준영 옮김, 이제이북스, 2013, p. 104.

차례

설단(舌端)에 올려놓은 캐러멜처럼 바닥이 녹아내린다. 꺼져드는 접촉면이 발목을 감고 잡아당기는 것을 떨쳐내며, 여기는 숲이야 아니 바다야 절벽이지 아니…… 그, 무엇, 어디, 하늘의, 지상의, 지중의, 지하의, 수중의, 심연의, 의식의…… 한 발씩 앞으로 나아갈 때마다 더해지는 설단(舌短)을 느끼며 그중 어디로도 아닌 단지 욕실로 향한다. 진여는 자신의 몸이 느리고 무겁게 그러나 가파른 각도로 기울어지는 것을 느끼면서도 넘어지지 않고 세면대에 손을 짚는 데 성공한다. 긴장으로 팽창한 근육, 적절하지 않은 방향으로 갑작스레 힘이 들어간 손목이 슬프다. 슬프다 아니 아프다. 아프다 외에 슬프다. 슬픔의 결과로 아프거나 아픔의 결과로 슬프거나 슬픔과 아픔 사이에는 인과관계가 있는 경우가 많고 둘 사이에 교집합도 있을 법하니 진여는 굳이 생각을 정정하지 않으며 중요한 것은 아픈지 또는 슬픈지가 아니라 아픈 것 또는 슬픈 것이 자신의 손이라는 데 있다. 세면대를 짚은 것이 꼭 자신의 손이라는 보장은 없으나 진여를 넘어지지 않게 만든, 세면대를 짚어서 지탱한 신체의 부위가 분명 있으므로 그것은 자신의 손이라고 판단할 수 있는데—세면대는 있는가, 세면대의 그림자일지도—이 증상이 시작된 뒤로는 매 순간이 직전 순간에 대한 분석과 다음 순간에 대한 예기(豫期)의 도구가 되며 그 행위는 종결되지 않을 것이다. 들여다본 거울 안에는 뒤편의 수건걸이에 비뚜로 걸린 붉은 수건이 영원히 교차되지 않는 건널목의 신호처럼 비칠 뿐 진여 자신의 상은 찾아볼 수 없으며, 이제 그런 모습에…… 모습이 나타나지 않는 데 익숙해진 진여는 수도꼭지를 돌려 있는지 없는지 모를 양손에 물을 받아 역시 있는지 없는지 모르겠으나 통상 얼굴이 붙어 있으리라고 여겨지는 자리를 향해 물을 던지듯이 하여 씻는데 이 같은 동작과 얼굴에 닿는 찬물의 감각이 진여가 거기 있다는 사실을 알려준다. 있다. 미동 없는 마침표를 찍듯이 고개를 든다. 얼굴이 그 자리에 비치지 않더라도, 자신의 상만을 제외한 다른 모든 것을 볼 수 있는 인간, 최소한 눈을 가진 인간으로 거기 있다. 눈이 있으면 그것을 둘러싼 골격이 있고, 골격 위에는 피부가 있고 그러니 형태가 있다. 기관 없는 신체인지 신체 없는 기관인지 몰라도 뭐가 됐든 둘 중 한 가지 방식으로는 있을 것이다. 간혹 벽이나 천장을 두드리는 소리나 출처 모를 악취로만 존재한다고 여겨지는 이들이 있는데 그들은 실상 존재로 인정되지 않고 심령 현상으로 불리며, 눈에 보인들 불분명한 윤곽선만 지닐 뿐 만질 수 없다. 그에 비해 진여는 조직을 보유하고 형상을 이룬 물질로서 있다. 사람이라고 해서/물질이라는 이유로 반드시 거울에 비쳐야만 한다는 것도 통념을 넘어 편견이라고, 물리 법칙과 무관하게 간주해버린다. 세상에는 있지 않은데 보이는 것들도 있음과 마찬가지로 보이지 않는데 있는 것들도 있는 법이며 그런 상상력의 용인과 확장 없이 투명 인간이라는 명사가 탄생하여 고전적이자 비유적인 의미로 정착됐을 리 없다. 거울을 쓸어내리자 그 자리에 비누 거품이 흘러내린다. 손이 있다. 눈이 있다. 이런 식으로 하나씩 조합하면 몸이 있다. 미끈거리다 부서지는 거품을 알고 있는 촉각과 시각이 인식에 호소한다. '나는 하나의 존재이고, 이 사실은 의심의 여지가 없다.'[1] 모든 것은 형태를 갖추고 제자리에 있지만 간혹 그것이 왜곡되거나 사라지며 진여는 자신의 생김새가 기억나지 않을 뿐이다. 어쩌면 자신이 명암을 갖지 못한 존재가 됐을지도 모른다는 생각도 하지만 최소한 투명하지는 않으리라는 집착만은 내려놓지 않는데, 이를테면 회사에 출근했을 때 동료들이 진여를 알아보고 인사를 건네며 진여도 마주 인사하는 자신의 목소리를, 비록 선명하게는 아니나 공간을 울리는 진동을 통해 알아차릴 수 있다. 문제는 그들의 얼굴이 그때그때 바뀌거나 돌아서는 대로 기억에서 사라지거나 망막박리 속 시야의 일부 정도로 존재한다는 것인데 그럼에도 조금 전 말을 주고받은 상대가 누구인지 진여는 그 이름과 직책을 안다고 느끼며 그건 결코 밖으로 발설되지 않는다. 마주 오는 동료 역시, 그들도 유사한 증상을 겪는다면 진여를 보면서 누군지 모르겠는 동시에 잘 안다는 느낌을 받을 것이며 진여가 진여라는 것을, 비록 기억 속의 어제와 다른 얼굴 혹은 다른 이름이더라도, 그보다는 애초에 기억이라는 것이 존재했는지부터가 모호하더라도—어쩌면 기억은 체납 고지서처럼 접혀 아무도 찾지 않는 서가의 책갈피에 꽂힌 채 방치됐을 수 있고, 기억의 그 같은 수납 상태는 이미 기억으로 존재하는 것이라고 보기 어려울지도—직관적으로 알 것이다.

이 같은 증상, 증상이란 얼마나 가볍고 앙증맞은 발음인지, 지금의 상태를 나타내기엔 턱없이 부족한 명사라는 생각이 드는데, 총체적인 모호함과 마비, 혼돈, 미정, 유예, 지연, 미분(未分), 무결점 아니 무결정 혹은 미결정의 상태, 도래하는 매 순간이 지나간 순간에 대해 예외가 되고 마는 이 현상은 적어도 이 도시에서는 진여 혼자 겪는 일이 아니므로 외롭지 않고, 이런 증상들이 창궐하는 도시에서 여전히 산업이며 생활이 어떤 형태로든 돌아간다는 것은, 진여가 살아 있다는 현실을 포함하여, 비록 그 산업의 내용물과 진행 양식과 결과를 정확히 계량하거나 그래프로 나타낼 수 없더라도 불가사의한 일이다. 무엇보다도 숫자가, 보이지 않는데도 있는 것들 가운데 대표적이라고 할 만한 숫자, 계좌를 스쳐간 노동의 대가가, 사람이 끊임없이 무언가를 구매하고 소비했음을 나타내는 각종 계산서와 명세서 파일이 가장 정확하게 존재를 증명할 것이다. 문득 올려다본 시곗바늘은 오전 11시 35분을 가리키고 있으며 진여는 이미 회사에 지각했다는 낭패감으로 아예 이탈해버릴까 생각하지만 자신의 의지와는 무관하게 역에 서서 오지 않는 전차를 기다리고, 의지라는 것도 실은 의지라고 부를 만한 무엇이 아니었음을 새기면서, 승강장에 결코 도착한 적 없는 전차를 어느새 타고, 원하는 목적지와 반대 방향으로 가고 있다는 사실을 뒤늦게 깨닫는데—이때 전광판에 여러 색의 곡선을 따라 표시되는 정차역의 이름들은 태어나 처음 보는 것들뿐이며 시선이 닿을 때마다 바뀌는 듯싶지만 진여는 이상하게도 그 점에는 신경이 쓰이지 않는 한편 목적지가 애초에 어디였는지 알 수 없다—초조한 마음으로 열차의 문을 손으로 열고 내려서서 갈아타는 곳을 향해 달리나, 그 곳까지 이르기 위해 외길 이외에 다른 것으로는 볼 수 없는 통로를 따라 체감상 3백 단은 넘는 층계를 오르내리고 모퉁이를 수십 번은 꺾어 돌았는데도 환승 구역에 도달하지 못하고, 출구 없이 중심으로만 향하도록 설계된 미궁의 속성을 어렴풋이 이해할 것도 같지만 그 수많은 다이달로스의 굴곡을 더듬어 나가다가 죽어버릴지도 모르겠다는 생각마저 드는데 이때 어디선가 열차가 도착했음을 알리는 차임벨 소리가 귀를 흔들며, 진여는 그것이 환승 가능한 마지막 차량임을 본능적으로 안다. 그럼에도 현재 서 있는 위치를 인식할 수 없는 데다 우선 여기 자체가 처음 보는 정차역이니 이대로 출근을 포기하는 쪽이 마음 편하겠다고 느낄 때쯤, 소리의 잔향이 사라지기도 전 진여의 몸은 자신이 원하는 층에 결코 멈춰 서는 법이 없는 엘리베이터에 실려 있고, 근무하는 회사 건물의 최고층이 20을 넘지 않을 것인데 디스플레이가 토해내는 숫자는 45를 지나 136까지 빠르게 치솟아서 아무런 주관도 가치관도 갖지 않은 무미 무취의 숫자가 거의 광기에 휩싸인 것처럼 보이며, 분명 서너 명의 탑승객이 더 있는데 아무도 평생 내릴 생각이 없는 듯 문 한

번 열리지 않고서 무한히 상승과 하강만 반복하는 엘리베이터 안에 영원히 갇힌 느낌, 함께 탄 사람들이 형상만 사람일 뿐 실은 무언가의 메아리나 헛기침 같은 존재들일지 모른다는 불안에 시달리다가 진여는 다음 순간 별 탈 없이 회사에서 일을 하고 있는데, 누구도 지각에 대해 핀잔을 주지 않고 각자 알아서 할 일들을 하고 있으며 그 일들은 무엇인지 알 수 없는 그대로 하루치의 업무가 끝난다. 어쩌면 템플릿만 배열된 빈 화면에 불과한 PPT 자료를 가지고, 얼굴이 자주 달라지지만 누군지는 알 수 있는 임원들과 함께 주제와 내용이 오리무중인 회의도 진행한다. 다니는 회사와 업무와 직책 따위는 매번 바뀌는 것 같고 어쩌면 회사에 다닌다는 사실 자체가 착각일 가능성도 배제할 수 없지만 분명한 사실은 이 모든 일이 어쨌든 여기 진여가 있음을 보여준다는 것이다.

이런 일련의 도약과 부유와 결락이 처음 나타났을 때 진여는 자신이 음주를 하지 않은 상태에서 장면과 장면을 잇는 필름이 끊어졌다고 여기다가, 날이 갈수록 일상의 범주에서 자신이 누락되거나 지워지는 일들을 경험하고, 음주를 하지 않았다는 기억도 믿을 수 없을 지경에 이르러서야 가없는 부재의 늪으로 가라앉지 않기 위해 신경외과에 첫 방문을 한다. 거기서는 정신의학과에 차트를 넘기는데 정신의학과 쪽에서는 다시 신경외과로 넘기기를 세 번쯤 반복해서—이때 보통은 볼 수 없는 대상을 본다고 주장하는 외래 환자라는 점에서 한 번은 안과로 차트가 넘어가기도 하는데, 아무래도 그건 환자의 고통을 조롱하는 것으로 느껴진다고 항의하자 정신의학과로 돌려보내진다—진여는 자신이 사람 아닌 배구공인지를 진지하게 고민한 다음 병원을 바꾸어 정신의학과로 정착한다. 이때 담당 의사는, 이 도시에서 완전히 동일하다고 보기는 어려우나 유사 사례가 꾸준히 보고되고 있으며 이는 수면 관성sleep inertia에 따른 부작용으로 판단되니, 우선 신경안정제를 복용하면서 추이를 지켜보자고 제안한다. 약효가 듣는다면 수면을 강제로라도 취하지 않을 수 없게 되고, 푹 자고 일어난 다음에도 유사하거나 동일한 증상이 나타나는지를 지속 관찰하자는 것이다. 그렇게 말하는 의사의 얼굴은 극단적인 키아로스쿠로 기법을 사용한 목판화 속 인물처럼 보여서, 진여는 자신이 진료실에 있는 시간대를 짐작할 수 없으며 병원에 접수를 했다는 것부터 착각이 아닌지를 여러 번 곱씹는다. 진여가 다른 케이스에 대해 묻자 의사는 환자 개개인의 차트에 해당하는 내용을 밝힐 수는 없으나 하여간 환자분께서 겪는 환각은 매우 점잖은 축에 속한다고만 말해주고, 진여는 자신이 겪는 일들이 그의 입에서 환각이라는 단 두 글자로 요약된다는 사실에 분노를…… 느끼면 자신이 매우 잘못된 사람인 것 같고 이거야말로 정신의학과에서 임상의 대상으로 삼고 싶어 할 만한 감정이라는 생각이 들어서 되도록 절망으로 바꿔 느껴보려고 하지만, 곧 분노와 절망은 생이라는 한 개의 점을 공유하는 예각의 관계에 불과하다고 느끼기에 이른다.

버스 창에 머리를 기대고 전화기를 열어 검색창을 띄운다. 환각 증상, 환각 현상, 환각을 봅니다, 환청이 들립니다, 몸이 붕 떠요, 환시, 환촉, 환취, 환미 등을 입력하여 여러 가지 결과를 참고하고 오(誤)기억이나 위(僞)기억은 물론 뮌하우젠 증후군이며 백주몽(白晝夢) 항목도 검토하는데, 그 과정에서 조현병에 대한 설명과 치료 과정에 대한 명료한 안내 및 완곡하고도 간곡한 권유로 이루어진 문서들이 쏟아져 나온다. 가끔 문학과 영화, 미술 등 예술가적 집착과 광기의 산물들에 관련되어 제시되는 설명도 있는데 화면에 나타난 영화나 명화는 어쩐지 진여가 처음 보는, 그보다는 이 세상에 존재하지 않는 작품이라고 여겨진다. 그것을 깨달은 순간 진여는 자신의 검색어를 잊거나 검색 결과가 나타난 웹 페이지를 해독할 수 없게 된다. 분명 거기에 문자가 적혀 있고 그것은 태어나 처음 보는 외국어가 아님에도 진여는 화면의 내용을 읽어 내려갈 수 없는데 나중에는 화면 안에 뭐가 있기는 했는지조차 불분명해지며 때로는 화면 자체가 사라지거나 조금 뒤에는 (어쩌면 조금 전이었을지도 모른다) 장소가 바뀌어 진여는 자기 집 (자기의 집이라고 할 만한 것은 있는가) 소파에 기대어 앉아 있다. 무엇인지는 몰라도 하루치 업무를 수행했고 병원도 다녀왔으며 어느새 날이 저문 것이다. 또다시 씻고 잠들어야 하며 내일도 (내일은 있는 걸까) 같은 시간에 잠도 깸도 아닌 어떤 상태로 세면대를 바라보며 있는지 없는지 모를 몸을 끌고 상호도 업종도 모를 어딘가로 출근할 것이다. 눈앞의 모든 일에서 연속성이 끊어져 나갔는데 그 눈앞의 일들을 본다고 지각하는 진여가 여기 있다. 있음과 없음이 중첩된 자리에 있(지않)다. 보는 행위가 판독으로 이어지지 못하고 날카로운 단면을 가진 채 잘려나간다. 진여는 진여 아닌 것의 음영이자 피동태이다. 진여는 진여일 수 있었던 것의 얼룩이며 진여라는 인식을 스쳐간 흔적이다. 이것이 환각이기만 하다고, 이 모든 식별 불능이, 무경계가, 불가해가, 무시간과 무공간이. 세계라는 나무의 한 조각으로 수렴되지 못하고 흔들리는 대로 떨어져 내린 잎사귀와 같은 자신의 모습이. 입술 밖으로 미끄러진 말들이 목적어와 서술어를 잃거나 잘못 짝지어진 관형어를 갖고 표류하는 이 상태가.

일상에서 거스트만 증후군의 증상과 유사한 여러 이물감

을 갖게 된 모든 사람에게 좌측 두정엽의 병변이 발생했다든지 노르아드레날린과 세로토닌이 원활하게 분비되지 않는 질병이 생겼다고 보기에는 통계상 무리가 있다. 그럼에도 사람들은 그렇게밖에 통칭할 수 없는, 유사하면서도 다양한 증상을 겪는다. 한 사람이 최소 열 가지 이상의 현상을 날마다 바꿔가면서 겪는가 하면, 일정 시간에 일정 패턴의 현상만 겪는 사람도 있고, 이들 모두의 공통점은 숙면을 취하지 못하며 매일 악몽을 꾸지만 깨어나면 식은땀과 불쾌와 불안감으로 무거워진 몸으로 인해 자기가 직전까지 꾼 것이 악몽이었음을 짐작만 할 뿐 그것을 제대로 기억하는 사람은 없다는 것인데, 처음 이들의 개별 사례가 조금씩 모이는 동안에는 기존에 흔히 알려진 바대로 수면 장애에 따른 정신 증상으로만 간주되다가, 아무리 그래도 한 도시에서 이렇게 많은 사람들이 비일상적인 일을 겪는 것은 그럴듯하지 않다는 목소리가 나오고, 결정적으로 유명 연예인이나 권위 있는 인사들이 비슷한 고백을 연이어 하면서, 비로소 이것은 '꿈 증상'이라는, 그 규모와 심각성에 비해 평범하고 볼품없는 이름을 얻는다. 이를테면 진여에게 신경안정제를 처방해준 의사부터가 실은 환자들을 진료하는 대신 그들의 목을 조르거나 멱살을 쥐고 흔들 때가 있는데 막상 상해를 입었다는 환자는 없어서, 손안에까지 촉감이 남아 있는 그 행위가 자신의 착각이었음을 알게 됐다고 털어놓는다. 어느 날은 병원이 아닌 곳으로 출근했는데 그곳은 학교였고 자신은 교복 입은 학생이었다고 하며 중요한 시험을 앞둔 상황에 교복 색깔이 남들과 달라 입실이 금지되어 일찍이 한 번도 그래본 적 없는 처절한 소리로 울부짖고 나니 퇴근길의 차 안에서 핸들을 쥔 채로 깨어났다고, 다행히 장소는 8차선 도로 한복판이 아닌 주차장이어서 여기 이렇게 살아 있다고, 물론 남아 있는 진료 기록은 그날도 의사가 정상 출근과 진료를 했음을 보여주지만, 그 기록이 과연 사실인지 아닌지조차 가끔 확신할 수 없을 때가 있다고. 학생이 시간에 맞게 시험장에 들어가지 못하거나 의무 징집을 당한 적 있는 남성들이 다시 군대로 끌려가는 꿈이란 쉰내가 날 만큼 오래된, 이를테면 특정 문화권 내에서는 너무나 고전적인 패턴의 악몽이기에, 처음에는 피로에 지쳤다고만 생각한 의사는 일련의 반복 경험 끝에, 그전까지 잔몽(殘夢)의 일종이라고만 여겼던 현상이 현실에 출몰하고 있었음을 인정하고, 진여와 다른 환자들 그리고 자신의 사례를 가명으로 방송에서 일부 요약하여 들려줌으로써 시청자들에게 경각심을 일깨운다.

그러나 이것이 충분한 경각심을 갖는다고 해서 막을 수 있는 현상인가에 대해서는 알려진 바가 없다. 이미 고통받는 사람들은 투약이라는 대증요법 외에 뚜렷한 치료법이 없는데 약물로 일시적인 증상 경감조차 되지 않는 것 같다는 게 현장의 견해다. 현재는 '상세 불명의 급성 및 일과성 정신장애' 코드에 포함되어 희귀난치성 질병으로 분류하고 산정특례로 치료비 혜택을 보는 게 최선이지만, 문제는 환자들이 보고자 하는 것이 혜택보다는 효과라는 데 있다. 혹 전염성이 있는가. 호흡기 질환처럼 공인된 규격 마스크를 착용하고 30초간 비누로 손을 씻으며 타인에게 밀착되기를 자제하는 등 개인위생 철칙을 준수하면 되는가. 이 꿈의 바이러스에 대해 알려진 기전(機轉)이 없다. 전염성 여부를 알 수 없어—그래보았자 정치인들과 언론은 명백하고도 치명적인 바이러스가 창궐할 때도 늘 한결같이 (동물과 사람 간 접촉으로/같은 장소에 있었다고 해서/파이프라인을 포함한 에어로졸로) 전염될 가능성은 '극히 희박'하다고, 안심을 시키겠다는 것인지 불안을 가중시키겠다는 것인지 의도를 알기 어려운 뉘앙스로 발표하게 마련이지만—바이러스로 부르기 애매하나, 환자 규모가 커지고 증상에 관한 각종 제보가 빈발하는 동안 사람들은 어느새 그것을 바이러스로 은유하고, 은유는 곧 만연한 인식이 되며 마침내 규정으로 이어진다.

오른쪽 테이블: 의학과 과학을 논하는 전문가들과 왼쪽

테이블: 신학과 사회학을 논하는 전문가들이 다소 형식적인 대결 구도를 형성하여 토론을 벌이는 심야 방송이 편성된다. 의학과 과학 쪽은 말한다. 보통은 꿈이 현실의 일화나 낮 동안의 경험을 반영하는데 지금까지 수집된 사례들은 오히려 현실이 꿈을 반영하는 전도된 현상, 즉 꿈이 현실로 출몰하여 극단적인 경우 현실을 장악했다는 주장들이다. 이들 모두를 공격적인 치료를 요하는 환자로 규정하기에는 사회적 비용 소모가 크다. 오랜 옛날 동양 의학에서도 우리 오장육부가 허하고 실함에 따라 사악함[邪]에 상처를 받아 생성되는 것, 이 사악한 기운이 자리 잡지 못하고 흘러 다니는 양상을 가리켜 꿈이라고 했다. 서양의 신경생리학이 말하는 꿈 또한 무의미한 잡음으로서 우리가 밤낮 접속한 정보들이 무작위로 떠올라 비논리적으로 변형되다가 사라지는 것에 불과한데, 전두엽과 변연계의 손상을 입은 사람들은 현실에서도 작화증과 기억상실을 보이며 꿈을 너무 많이 꾼 나머지 꿈과 생시를 구별하는 판단력을 잃는다는 연구가 널리 알려져 있다. 해마경화증으로 인한 측두엽 뇌전증 환자들이 반복적인 악몽을 꾼다는 사례도 있는데 악몽의 기준은 사람이 그 현상을 수용하고 느끼는 감정에 따라 다르니 반드시 악몽의 연속으로 단정하기 어렵다. 사람들이 겪는 환각은 체내 아데노신 농도가 한계

치에 달했음에도 그로 인한 수면 압력을 카페인과 같은 각성제로 계속 눌러주는 일상을 지속해온 결과로서, 물론 불면과 그 부작용은 생체시계와 수많은 인체 리듬이 만나 발생하는 우연의 총합이므로 당장 회복하기 어렵겠지만, 근본적으로 각자가 너무 과중한 업무에 휘둘리지 말고 고른 영양과 숙면을 취하면 조금씩 자연히 없어질 현상이다.—이때 방청석에서는, 즉각적 실질적으로 도움이 되지 않는데다 청년층의 현실도 고려하지 않는 한가로운 우언(迂言)에 불과하다는 불만이 터져 나와서, 사회자가 이따 발언권을 드리겠다고 저지한다.—지금 우리는 실체도 없고 잡히지도 않는 비물질적 현상에 대해 고민하기보다는, 불면과 만성적 브레인 포그로 인해 당장 손상될 가능성이 큰 면역계를 유지하는 데 힘쓰고, 각종 암에 노출되는 것을 우려하는 쪽이 실용적일 것이다. 렘수면의 불활성도가 높아지면 뇌 속의 시냅스가 제대로 형성되지 않을 것이므로 자폐 증상을 보일 우려가 있다는 연구 결과도 있다. 지금 삶의 방식을 바꾸지 않으면 산발적인 증상과 그 지속은 이후 시민의 정신보건에 중대한 영향을 줄 것이다. 신학과 사회학 쪽은 말한다. 인간의 언어이자 사고이자 세계에는 신의 선물이나 신의 징벌 신의 전쟁 신의 수수께끼 같은 오래된 종교적 문화적 개념이 있고 그런 일련의 흐름 아래 신의 구토라는 것 또한 없으리라는 법 없는데 그것에 대해서는 왜 일상적으로 언급하지 않는가? 꿈은 신의 토사물이다. 우리는 지금 신이 토해놓은 세계에서 허우적대고 있는 것이다.—이때 청중 가운데 일부는, 이 우주 전체가 신이 눈을 뜬 채 꾸는 꿈이라는 낭만적이며 철학적인 인식을 놔두고 토사물이다 뭐냐고 불만을 드러낸다.—현재의 상태가 아데노신이 축적되어 폭발하기 직전이라는 견해에는 동의하나, 해결방안의 결론을 그토록 안이하게 내린다는 것은 이 도시의 근본적인 문제를 간과하고서 개개인의 체질과 습관과 건강에 모든 책임을 돌리려는 것이다. 이 도시의 사람들이 문제적인 존재가 된 게 아니라, 이 도시 자체가 꿈과 현실을 구분할 수 없는 공간이 되어버린 것이다. 그럴 수밖에 없지 않은가. 기술과 문명은 세계를 확장한 것처럼 보이지만 그 뛰어난 능력과 효율성으로 오히려 세계를 압축하며, 사람들은 압축되고 남은 만큼의 시간과 공간과 에너지를, 이 세계를 더욱 밀도 높게 압축할 수 있는 기술을 개발하고 문명을 이룩하는 데 투입한다. 노동의 총량과 절대시간이 줄어들었다는 착각에 빠지나 실은 상시 노동 상태와 다름없으며, 노동에 짓눌려 부서지지 않고자 하는 욕망으로 수많은 도락의 방식을 개발하고 그것을 광포하게 소비하는—누리는, 이라고 표현하지 못한다는 점 또한 현대의 비극으로서,

사람들은 맛보고 즐기는 것 같지만 실은 써서-없애기를 반복할 뿐이다—아이러니에 빠져든다. 그 결과 도시는 밤에도 불이 환하게 켜져 매일 거대 규모의 에너지를 소모하고 24시간의 구분이 무색하게 각종 정보와 콘텐츠와 돈이 나노초 단위로 움직이며 사람들은 밤을 잊고 일하든지 밤이 다하도록 유희의 한가운데서 오락거리를 써서-없애고 태워-버려야만, 뭐가 됐든 하루를 알차게 보냈다는 느낌으로 살아갈 수 있기에, 그보다는 사는 흉내라도 낼 수 있기에 모든 구성원이 만성 수면 부족에 시달린 지 오래되지 않았나. 깨지 않고 한 시간 이상 잠들어본 사람이 우리 중 누가 있나. 시에스타라는 말은 이제 지중해의 전설 한 귀퉁이에서나 이름만 들어본 적 있는 풍습에 불과하며, 인간에게 적정 수면 시간의 기준이 무시된 지 오래인 한편—이때 방청객 가운데 자신을 역사학자라고 밝힌 이는, 인공 조명이 발명되고 산업화 시대가 본격화되기 전에는 한밤중에 깨어 두세 시간을 신께 기도 드리든지 가족과 이야기하거나 어둠 속에서 촉각에 의지함으로써 가능한 다른 활동으로 보내고 다시 잠드는 2단계의 수면 패턴이 일반적이었으므로 적정 수면 시간이라는 것도 자본과 사람이 만들어낸 허상일 수 있다고 반박하지만, 이 장면은 이후 재방송 동영상에서는 편집된다—하루 일곱 시간을 통잠으로 잔다고 착각하는 사람도 문득 잠이 얕아지는 순간마다 습관적으로 눈을 뜨곤 손안의 전화기가 주는 수많은 정보를 물었다 뱉었다 하면서 한 시간씩 일곱 번을 끊어 자는 게 보통이다. 인공 조명이 인간의 수면 패턴을 인위적으로 바꿔놓고, 꺼지는 법 없는 빛에 초 단위로 갱신되는 정보가 결합하여 수면의 질을 악화시키며, 사람들은 특수 목적으로 개발된 비타민 태블릿으로 수분과 영양을 보충하면서 생활을 버틴다. 그런 제품들은 흐트러지거나 박탈당한 수면으로 인해 나빠진 신진대사와 파괴된 장내 미생물의 수를 복구하고 해마의 손상을 최소화하며 유전자 변형과 심혈관계 질환을 예방하는 한편, 식사 준비에 드는 시간을 줄임으로써 인생에서 노동과 오락에 들일 수 있는 시간의 총량을 확보하는 데 기여하기도 한다. 오랜 옛날 전투기 조종사들에게 제공된 암페타민과 같은 부작용도 없고, 모다피닐 같은 약물 성분조차 들어 있지 않다는 이유로 사람들은 이를 쉽게 남용하며 각성 상태를 유지한다. 이런 식으로 일상의 시스템이 사람으로 하여금 계속 움직이고 활동하기를, 쉬지 않고 전진하면서 주위의 모든 가용한 것들을 써서 마모시키기를 독려하며, 그것들의 의미와 가치를 곱씹기 전에, 그것들이 미처 다 마멸되기 전에 새로운 것을 쏟아내는 일이 창의력과 성장의 증거인 것처럼 몰아가고, 그 과정에서 사출되는 쓰레기를 바다생물들의 아가리와 아가미에 쏟아부어 넣고 있는 상황에서, 도시 공간은 존립 자체로 PGO파[2]를 뿜어내고 있는 거나 다름없으며, 이로 인해 저마다 한두 가지쯤 가벼운 환각이 보이지 않는다면 그게 오히려 이상하지 않은가. 지금은 자취를 찾아볼 수 없으나 오랜 옛날 자연 친화적인 생활을 영위했던 원시 부족의 사람들은 가족과 둘러앉아 간밤의 꿈에 대해 이야기 나누고 노래와 춤으로 때로는 사냥과 같은 의식으로 꿈을 재현해보기도 하며 꿈속에서 예언의 매듭을 풀고 지혜의 열매를 찾기를 당연하게 여겼음을 돌이켜보면, 우리가 자의든 타의든 잠을 박탈당한 만큼 거처를 잃은 꿈들이 현실에 출몰하는 게 어쩌면 당연하지 않은가. 두뇌 안에 있는 수백억 개의 뉴런이 백조 회 넘게 서로를 향해 수상돌기를 뻗치고 비명을 지르는 동안, 그 안에 잘못된 신호가 끼어들거나 신호의 내용 자체에 오류가 발생함이 이상한 일인가. 우리는 깊은 잠 속의 아름다운 꿈을 직조하는 영혼과 신체의 조화를 잃은 상태에 조금씩 익숙해지는 중이 아닐까. 이대로 두 세대만 지나면 모든 사람들의 세로토닌이 일괄적으로 부족해지고, 이후의 아이들은 기린의 목이 길어진 것만큼이나 태어나면서부터 환각을 경험할 수 있는 방향으로 신체의 각 기관이 변하지 않을까. 야생의 섭리와 포식자의 위험에 노출된 동물들이 뇌의 절반만 잠들고 나머지 절반은 주위를 경계하는 데 쓰도록 진화한 것과 마찬가지로. 상거리 이주와 귀환을 반복하는 새 떼가 군사력 강화와 작전 효율성 증대 목적으로 진지한 연구 대상이 될 만큼 극도의 수면 결핍 상태를 무리 없이 유지하는 것과 마찬가지로. 사람도 돌고래만큼은 아니지만 아주 약한 양상의 반구 수면을 취한다고 판단하는 관찰 분석 논문이 발표되지 않았나. 그리하여 사람이 환각을 경험하는 것이 오감과 다름없는 일반적인 체질이 되어버리면 무엇이 진짜이고 가짜인지를 판별하는 능력이 감소할 테고 그것은 개개인이 충분히 경각심을 갖는지와 무관하게 사람의 생존에 언제든 치명적일 수 있으니 그걸 진화라고 불러도 좋은지에 대해서, 우리의 밤이 모자란다고 이야기하는 중에 역설적으로 그 밤도 지새워가며 사람들의 난상 토론이 벌어진다. 밤은 원래 대상에 대해 고요히 그리고 충분히 통찰하라고 있는 시간이다. 아니 통찰하다가 죽어버리면 그게 다 무슨 소용인가. 애초에 이것을 가벼운 환각이라고 해도 좋은가. 그 이전에 이 도시에서, 정확하게는 개개인의 가시 범위 안에서 벌어지는 일이 실재가 아닌 환각이라는 증거는 있는가. 그중 하나라도 혹여 실재였다면 그로 인한 결과는 누가 책임질 것이며 거기에 드는 사회적 비용 관련 대책이 마련되어야 하지 않나. 환각에 압도된 나머지 실재를 간과

하고 있는 게 아닌가. 이 도시가 꿈과 현실을 구분할 수 없는 공간이 됐다기보다는, 그 둘을 구분할 필요가 없는 공간이 됐다고 볼 수 있지 않을까. 당장은 대책도 대안도 전무한 아포리아의 아침이 밝아오는 가운데 한 가지만은 합의에 이르는 듯하다. 설령 그 가설이 적합한 것으로 받아들여지고 이 현상의 원인이 만성적인 불면과 함께 심장박동인 양 24시간 반짝이는 도시의 섬광과 우리 혈액의 일부가 되어 흐르는 전파에 있다고 검증되더라도, 이제는 뒤로 돌아갈 수 없다. 그것은 모두가 직접 거둔 호밀로 빵을 굽고 꺼져가는 호롱불 밑에서 베틀로 옷감을 짜던 시대로 귀환하여 최소한의 삶을 살자는 사회적 분위기가 형성되기 전에는 불가능하다. 그 같은 분위기는 위기감만으로는 자연스레 형성되거나 정착하지 않으며, 폭력 혁명에 준하는 행위를 동원하여 이전으로 돌아가자는, 기꺼이 가난해지고 소박해지자는 집정자들의 강경한 메시지가 구성원들의 적극적인 동의를 얻어야 가능할 것이다. 그러므로 되돌아가지 않을 거라면 우리는 건강하고 창의적인 삶에 대한 기준을 지금부터 과감히 바꾸는 수밖에 없고, 일련의 현상을 상시 역설수면 상태의 일종으로 간주하는 한편, 눈앞에 출몰하는 모든 비논리적인 사태들을 일상으로 수용하고 익숙해져야 한다. 일상의 루틴대로 행동하고 평소의 경제활동을 하며, 가끔 자신이 어딘지 모를 곳에서 비상식적인 일을 한다고 생각되거나 때로는 자신의 몸 내지 목소리가 없어진 것처럼 느끼더라도 그것은 기면 발작과 마이크로 수면에 따른 증상이 아니라 이 도시에 영향을 받은 일시적인 착시이자 인식 오류일 뿐 현실의 물리에는 영향을 미치지 않을 테고 자신의 몸은 분명 루틴을 수행하고 있을 것이니, 간혹 돌출이나 이변이 있더라도 크게 겁먹을 것 없다. 단, 전차든 자가용이든 차량이나 항공기, 선박 등을 움직이는 이들은 운행 중 그런 상태가 잦으면 시민들의 생명과 질서에 위협이 전혀 되지 않으리라는 보장이 없으니, 고용 업체에서는 순환 교대 근무 체제를 지금보다 높은 비율로 또한 잦은 주기로 채택해야 할 것이며, 피고용인들은 운동과 따뜻한 대화와 종교 활동 및 수면 유도 장치의 적극적 사용 등으로써 평소 개인 정신 위생에 신경 쓰면서 각각의 탈것 운행 시 자율 주(비)행 모드를 상용하고, 이들뿐만 아니라 위험과 밀접한 노동은 가능한 한 AI로 완전 대체하여 사람은 최소한의 관리만 하는 식으로 정책이 강제되어야 할 것이다. 증상자 가운데 이와 같은 직업을 가진 사람들은 치료 과정에서 수면다원 검사를 부담 없이 받을 수 있도록 의료보험의 보장 범위가 지금보다 더 넓어져야 할 것이다. 이들 같은 경우가 아닌 다음에야, 지나친 우려로 경기 침체의 늪에 빠져들지 않도록

하자. 겁먹을수록 우리의 일상은 균열의 틈으로 빨려들어 갈 것이다. 무엇인지 구체적으로 감지할 수 없는, 그러나 존재를 구성하는 절대 요소가 무너지고 필연은 지속성을 잃을 것이다. 그러니 지나친 우려를 지양하고 지금까지 그래왔듯 생활의 소음이 우리의 귀와 폐부를 장악하도록 하라. 익숙하던 세계가 눈앞에서 문을 닫는다 해도, 애초에 자신이 가고자 했던, 갔어야만 했던 가장 중요한 진입로에서는 세계의 문이 열린 적도 없음을 기억하라. 기이한 형체나 현상이 나타나 자신의 진로와 의도를 방해한다면, 그것을 현실의 억압이 괴물화한 것이거나 자신의 내면에 이탄(泥炭)처럼 잠겨 있던 욕망의 반사판으로 간주하고 외면하라. 한편으론 그것에 과도한 의미를 부여하지 않는 것도 좋겠다. 심리학자들의 주장대로 꿈의 파편 하나하나를 어루만지며 억압된 성적 욕망이니 무의식이니 따져보았자 처음 한동안만 그럴듯할 뿐, 그 분석에 일일이 죄책감을 갖거나 행동을 교정하거나 자아를 통합하면서 살아가기를, 보편적인 사회생활자가 지속하기란 쉽지 않을 테니까. 더구나 그것이 현실에 나타나 자신의 일상을 방해하려 든다면, 그것의 해소에 어떻게 꿈을 다룰 때와 마찬가지의 논리와 방식을 적용할 수 있겠는가? 그러니 일상을 지속하라. 아침에 제시간에 일어나서 눈곱을 떼고 이를 닦으라. 시곗바늘이 사라졌거나 시계가 달리의 그림처럼 녹아버렸다 해도 놀라거나 두려워하지 말라. 당신은 제시간에 일어났을 테고 결코 늦지 않았을 것이다. 들여다본 거울에 자기 모습이 반사되지 않는다면, 내가 거기 없다고 경악할 일이 아니라 먼저 우리의 모습이 일정하게 고정되어 있다는 사실부터 의심하고 차라리 스스로를 공기나 물처럼 여기라. 우리는 물이다. 투명하고 형태가 없으며 서로 다른 그릇의 힘을 빌려 우발적으로 나뉘었을 뿐 그 근본은 어떤 도구로도 구별되지 않는 물이다. 우리가 존재하는 게 아니라 우리라는 존재에 대한 관념이 존재할 뿐이라고 가정하라. 우리는 이유 없이 여기 당도한 시선과 소음으로 빚어지고 그 위에 약간의 사고(思考)가 보태어져 이루어진, 불행하고 불가해한 사고(事故)이다. 자신을 지키기 위한 제일 조건은 몸 밖으로 두려움이 흘러넘치지 않도록 봉쇄하는 것이다. 공격이 최선의 방어라는 말은 전쟁터에서 통용되며 생활에 적용하기에는 부적절하다. 우리는 다가온 이 사태가 어느 날 갑자기 촉발된 게 아니라 우리가 태어나기 전부터 이 사태라는 이름의 우주에 속해 있었을지 모른다고 받아들임으로써 최선의 방어를 할 수 있을 것이다. 서로가 나 아닌 너, 너이자 나와 섞일 때까지. 꿈에서 깨어나려 애쓰는 게 아니라 꿈이 현실의 일부 내지 현실의 연장선상에 놓인 조금 더 확장된 현실에 불과함을 인식할 때까지. 더 나아가 일찍이 우리가 알던 역사와 기억하는 이미지의 세부가 사실과 다를 수 있으며 단순히 기억이 없는 게 아니라 우리에게 일어난 일 자체가 없는 거라는, 규정되지 않는 미래와 고착되지 않은 과거를 비롯한 무수하고도 경악스러운 가능성이야말로 이 세계가 유지해온 유일한 항상성이었음을 알게 될 때까지.

티브이 홈쇼핑 채널에서 러닝타임 40분에 걸쳐 세 명의 호스트가 소개 중인 건강기능식품은, 자기네가 원조이니 유사 상표를 주의하라고 마크와 성분 표시를 대조하며 안내하나 그래보았자 최근 쏟아지는 카피 상품 가운데 하나일지 모르고 실상 그런 것들이 너무 많아서 무엇을 골라야 좋은지 알 길이 없으며 어느 쪽을 취사한들 무관하고 무의미할 것처럼 보이는 그런 종류다. 벤조디아제핀이나 티에노디아제핀 등 중추신경계에 직접 작용하는 의약품을 의사 처방도 없이 홈쇼핑에서 광고하는 것은 법으로 금지되어 있으므로 어디까지나 건강기능식품만을 판매할 수 있다. 이 채널에서는 오전 시간에 유해 성분을 모두 배제한 감태 추출물 중심의 천연 수면 유도제 광고를 내보냈고, 오후 시간에는 구성과 사용법이 간단한 만큼 극적 효과를 기대하기 어려운 모바일 애플리케이션보다 한층 더 진화된 성능을 자랑하는 웨어러블 타입의 가정용 수면 유도장치를 주문받았으며, 저녁 시간에는 오전의 감태 추출물과는 또 다른 식품을 선보이고 있다. 이 채널만이 아니라 요즘 많은 홈쇼핑 채널에서 깊은 잠을 돕는 상품을 자주 다룬다. 가볍게는 아날로그 정신으로 돌아가자는 취지로 이국의 전통 민속 공예품인 소리 도구—심신 이완과 치유를 통하여 숙면을 꾀하는 명상 용도의 작은 타악기인데 두 번 쓰고 나면 인테리어 소품이 되고 말 것 같은—제품들이 있으며, 본격적으로는 유수 대학병원과 협력하여 할인가에 제공하는 수면다원검사 상품권, 수면 보조 비타민, 특급 호텔에서 사용하는 한방 수면 팩, 수면 사이클 정상화에 초점을 맞추었다는 요가 동영상 수업 쿠폰, 체온조절 등 신체 리듬을 최적화하여 수면 중단을 최소화해준다는 매트리스, 이 모든 것을 묶은 수면 패키지 같은 것들이 있다. 부담스러운 기관 일부 절제술 대신 코골이와 폐쇄성 수면무호흡증후군을 완화하는 마우스피스 형태의 수면 보조 기구는 일반적인 CPAP 장비보다 미관을 크게 해치지 않는다는 장점을 내세우지만 증상이 비교적 가벼운 환자들에게만 도움이 된다고 한다. 한편 수면을 직접 유도하는 게 아니라 꿈을 꾸는 행위 및 꿈의 분석에 관계하는 '꿈 배양기'와 '꿈 조영기(造影機)'라는 비교적 중장비에 가까운 장치도 한때 이벤트 상품처럼 등장한 적 있으나, '수면과 꿈 박람회'에서 선보였을 때부터 그 조영 결과의 부정확함으로 인해 사람들에게 큰 관심을 얻지 못하는 바람에 지금은 극히 일부의 수면 클리닉 센터에서만 사용한다고 전해진다.

지금은 기면 발작에 효과를 볼 수 있다는 자연 성분의 탕액을 1개월분 30팩 단위로 광고한다. 당귀, 작약, 감초, 생강, 대추, 갈근 같은 자연물을 포함한다. 당귀: 모세혈관의 탄력을 좋게 하여 혈액순환과 심신 안정에 도움을 준다. 작약: 심근경색 등의 심혈관 질환을 예방한다. 감초: 해독 작용을 하고 소화 흡수력을 높인다. 무엇을 갖다 붙여도 그럴듯해 보이는 장점들이 열거된다. 이 제품에는 동양적인 성분과 다소 어울리지 않는 '프시케'라는 상표가 붙어 있는데, 그들이 광고하는 대로 이것을 구입하여 용법을 지켜 마시는 이는 페르세포네의 상자를 연 프시케처럼 영원을 닮은 잠에 빠질 것이다. 절대적 안정과 숙면이 베개 밑에서 석순처럼 돋아나 그 밤을 점유할 것이다. 수면에 어려움을 겪는 사람들은 이 폭넓고 다양한 해결책 가운데 자신에게 맞는 것을 선택할 수 있다. 웨어러블 타입 기기의 도움을 받아 잠들거나, 입에 썩 맞지는 않는 건강식품을 먹고 근육이 이완되는 느낌과 함께 잠들거나. 어느 쪽이든 돌출된 감각을 둔화시켜 고르게 다지는 데에는 한몫을 할 것이다. 처방받은 약물과 그로 인한 부작용을 평생 달고 살 게 아니라면 이런 방법도 고려할 만하다. 사람들은 하늘과 땅을 모두 이용하는 조류나 뭍과 물을 오가는 일부 포유류처럼 잠깐의 졸음만으로도 신체 리듬을 회복하는 방향으로 금방 진화되지는 않을 것이며 최소한 몇 세대의 과도기와 시행착오를 필요로 할 것이기에.

그러나 사람들이 진정으로 관심을 가지는 문제는 잘 자는 일 그 자체보다는, 깨어서 육체 활동과 정신노동을 할 때 꿈의 잔상에 방해받지 않는 일이다. 잠이야 절약할 수 있다면 유익한 것이고, 잠의 빚에서 자유로운 신체와 정신을 유지할 수만 있다면 더할 나위 없다. 자신의 여건이 허락하는 만큼의 시간을 잠들고, 현실이 수용하는 만큼의 꿈만 꾸는 일. 저마다의 몸속에 모순과 비약과 무질서와 뒤섞여 불활성 상태로 침전된 인식의 덩어리가 침실 아닌 다른 장소에서 튀어나오지 않도록 하는 일. 악의 없는 트릭스터의 장난 수준으로 간주할 만한 현상은 이미 넘어섰고, 사람들은 꿈의 칼날이 현실을 파이 조각처럼 분절하여 집어삼키지 않기를 바란다. 안전한 감각을 갖기를, 최소한 일상에 까치발이나마 붙이기를 바란다. 비록 자신들에게 익숙한 일상과 안전부터가 근본적인 아이러니에 불과하더라도. 꿈이 몸속의 내벽 곳곳을 할퀴고 쏟아져 나와 현실을 방해하도록 방치하지 않으려면, 짧더라도 깊은 숙면이야말로 제일 먼저 해볼 만한 시도인 건 사실이므로, 이 보조 기구와 보조제들은 방송 때마다 완판된다.

진여는 두 발을 올려놓은 테이블 위, 그러니까 자신의 발끝 너머에 쌓인 각종 비타민과 탕액을 본다. 홈쇼핑에서 사들인 것뿐 아니라 불면과 악몽으로 고통받는 사람들과 공동구매한 멜라토닌 영양제도 있다. 어떤 보충제는 사람의 나이에 따라 생체 주기 리듬이 다르니 수면 효율도 달라진다는 점에 의거하여 연령별로 구분되어 출시되기도 한다. 수많은 제품 중 무언가는 피로를 풀어주고, 어느 것은 수면을 도우며, 또 다른 것은 필수영양소를 공급하고 호르몬을 조절하는 등 서로 역할이 다르니 잘 구분해서 먹어야 하고 간 수치가 높아지지 않도록 복용 간격도 충분히 두는 한편 복용 기간도 조절해야 한다. 통 몇 개는 넘어져서 테이블 모서리 밖으로 곧 떨어질 듯하며, 두서없이 쌓인 건강기능식품은 3분의 1쯤 섭취한 듯 내용물이 조금씩 비었고 뚜껑마다 먼지가 더께를 이루고 있다. 이 속도의 시대, 뭐가 됐든 이용자를 즉시 만족시키거나 효험을 보여주지 못하면 가차 없이 버려지고 작은 투자라도 그에 따른 성과가 뭉근한 기다림 없이 빛이나 생각의 속도를 기준으로 나타나기를 요구받는 시대에 각 병마다 3분의 1을 비웠다는 것은, 평균적인 인내심과 신뢰를 갖고 겨자씨만 한 변화라도 기다리며 경과를 지켜보았다는 뜻이다.

쇼호스트들의 목소리가 조금씩 느려지고 마디마디 끊어지면서 진여의 시야는 피부 위의 어루러기처럼 물든다. 세상의 모든 결속을 이루고 형태를 유지하는 마찰력이 주위를 서성이다 사라지면서, 몸속의 뼈들이 척추 부분부터 한 마디씩 녹아 근육에 흡수되고 뼈를 삼킨 근육은 살에 들러붙는다. 진여는 어느새 무척추동물처럼 물렁한 반죽 덩어리 내지는 유동체가 되어 연금술사의 솥 안에서 끓는다. 입을 제외한 온몸을 도둑맞아 혀와 구개인두가 일으키는 소용돌이로 범선을 빨아들이는 카리브디스의 목소리만 남는다. 목소리만 남는다고 생각하는 의식만이 남는다. 풍랑을 압도하는 심해의 침묵이 남는다. 그릇 잃은 의식이 들러붙을 유기체를 찾아 허공을 감돈다. 감각과 인식은 밀물과 썰물처럼 몸을 드나들며 비소(誹笑)를 띠는 한편 몸의 주인에게 비소(砒素)를 건넨다. 이 몸의 주인이라는 객관적 사실이 진여의 몸에서 점차로 떨어져나간다. 진여는 테이블에서 형태 잃은 발을 거두어 소파에 모로 눕는다. 리모컨을 쥔 손이 소파 밖으로 흘러내린다. 마지막 마찰력이 사라지는 순간 리모컨이 떨어지거나 그 이전에 손목이 떨어질 것인데도 진여는 그대로 리모컨을 놓지 않는다. 리모컨이 가리키는 자리, 그러니까 테이블 모서리와 다리가 맞닿아 이루는 기역 자 모양의 이음매에 하얀 거미줄이 쳐져 있다. 너무도 작아 여덟 개 다리의 움직임에서 두려움이나 혐오감은 들지 않고 그 동작을 거의 포착할 수 없지만 거미는 부드러운 리듬감을 갖고 베를 짜며 자신의 영역을 조금씩 확장한다. 그 무심하고도 염결한 동작의 결과물에 불과한 거미줄을…… 일단 시야에 들어와 있으니 걷어내고 싶기는 한데 손이 닿지 않고, 저도 살자고 베를 짜는데 지금 치우기에는 가혹하지 않은가…… 지구에 존재하는 마찰력이 모두 사라진다면 거미줄이라고 무사할 리 없을 테고 그런 예감을 할 수 있는 진여의 의식 또한 형태와 조직을 완전히 잃은 몸에 기생하지 못하여 흩어지리라는 생각이 드는 사이로, 잠이 침범하여 의식 한가운데 깃발을 꽂는다. 찰흙의 잠이 빚어진다. 시럽의 잠이 흘러내린다. 비교적 괜찮은 느낌이다. 나뭇등걸의 잠이 썩어가거나 청동의 잠이 녹스는 것보다는 나은 정도로. 물론 이 양호함이나 아늑함이 결과적으로 악몽을 꾸지 않게 해준다는 보장은 없으나 그럼에도 불구하고 이 잠이 지속되어라, 아침까지, 가능한 한 꿈 없이. 무엇을 꾸든 기억하지 못할 테지만 그것이 악몽이었다는 감각만은 온몸에 경련과 통각으로, 밤을 함부로 헤맨 끝에 실제의 상처로 남을 것이므로. 출근에 실패했을 뿐인데 열차가 덮치거나, 단지 미끄러졌을 뿐인데 땅속으로 빨려들어가거나, 뜬금없이 입시를 다시 치르는데 교실을 못 찾거나 찾더라도 오답으로만 가득한 답안지를 제출하는 것과 같은 일들은, 걸러지지 않은 간밤 악몽들의 찌꺼기가 부유한 결과일지도…… 지금까지 다른 이들은 어떤지 모르겠지만 최소한 진여는, 현실에 파고들어 위치에너지를 확보한 꿈의 사태들 가운데 타인과의 관계 형성에서 비롯하는, 즉 모멸 증오 음모 폭력 약취 살해를 동반한 악몽은 없던 듯하니 그나마 형편이 좀 나은가…… 타인과의 뒤틀린 관계 같은 것은 차라리 꿈에서 보는 게 낫나, 현실에서 겪는 것보다는…… 그런데 현실에서의 모멸 증오 음모 폭력 약취 살해와 관련 있는 특정 인물이 떠오르지 않고—그럴 리가, 사회에서 재화를 생산하고 소비하며 살아가는 사람에게 그런 존재가 없을 리가, 이것도 착각? 지금 여기가 꿈?—다만 다정하고도 유혹적인 수마(睡魔)의 손짓이 눈꺼풀을 쓸어내린다. 불안과 경계 사이로 찾아드는 호흡의 간격이 어느새 고르게……

……유지될 뻔하다가 오래가지 못하고 움찔하여 눈을 떠

보니, 아니 눈을 떴다고 생각했으나 시야가 희붐하게 뒤덮여 눈을 뜨지 않았다고 혹은 눈이 멀어버렸다고 순간 착각하고 마는데, 하양보다 더욱 완벽한 하양, 색에 대한 보편의 감각과 통념을 무시하고서 질식과 죽음에 가까운 하양이 시야를 뒤덮고 있다. 얼굴이며 온몸이 거미줄로 감긴, 진여는 자신의 모습을 본다. 어떻게? 몸이 있는 곳과 의식이 있는 곳이 서로 다르다. 누워 있는 자신, 거미줄을 둘둘 감은 흰 실몽당이 내지는 고치 같은 몸이 3인칭으로 부감된다. 진여는 고치의 내부에서 호흡곤란과 폐소공포를 겪는 동시에 거미가 전신에 걸쳐 감아놓은 흰 고치를 내려다보고 있다. 거미는 그 어느 곤충보다 큰 노획물을 놓치지 않으려고 여전히 실을 자아내고 있으며 진여는 이제 입속과 눈꺼풀 안으로까지 밀려들어오는 거미줄의 감촉을 느낀다. 원한다면 몸을 뒤틀어 이 거미줄을 끊을 수 있을 것이다. 거미줄의 강도는 두께가 1밀리미터쯤 되면 이론상 강철의 다섯 배에 이르지만, 한 마리 거미가 뽑아내는 실이란 너무나 가늘어서 빗자루나 손가락으로 간단히 훑어낼 수 있다. 일반적인 거미는 0.005밀리미터 두께의 실만을 뽑아낼 수 있다…… 그런데 몸을 흔들수록 거미줄의 구속이 느슨해지는 게 아니라 진여의 숨을 더욱 압박해온다. 감고 또 감아 고치를 만들어버렸기에, 충분히 두꺼워진 거미줄 합사는 강철의 다섯 배 강도를 갖게 된 것인데, 진여는 몸부림치면서도 자신이 침착하게 주의를 기울이고 노력하면 이 상태에서 벗어날 수 있다는 사실을 안다. 무엇보다 식도가 굳어가고 혈관이 식어가는 감각을 두려워하지 않아야 한다. 꿈이 긴 혓바닥을 내밀고 자신을 핥아 삼키더라도, 고래 배 속의 요나처럼 빠져나올 수 있다는 믿음을 잃지 말아야 한다. 각종 비타민 제품의 창궐과 함께 한편에서는 유행처럼 번져나간 인문학 강좌들이 있는데—융의 영성이나 프로이트의 욕망 등 심리학 강좌, 『몽점일지(夢占逸旨)』 강독, 아르테미도로스와 해몽 이야기 등—그중에서 진여가 등록하고 수강해본 강좌는 '루시드 드림 실전 세미나'이다. 꿈은 나 자신이라는 완전한 존재의 한 조각에 불과하며 꿈이 꿈이라는 사실을 자각하고 꿈속에서 진정으로 깨어 있으면서 그 꿈을 상상과 영감의 원천으로 삼는 것이 이로우니 꿈과 현실을 명확히 구분하기 위해 자각몽의 요령을 터득하여…… 같은 소개 문구를 보고서 진여는 이것이 혹시 자신에게 필요한 강좌일지 모른다는 판단으로 16주 커리큘럼을 등록했을 것이다. 그러나 막상 시작해보니 페이즈phase[3] 현상에 진입하는 실제 요령을 빠르게 습득하기보다는 마음가짐의 교정, 무궁한 가능성과 창의성으로 가득한 인생을 알차게 살자는 자기 계발 훈련 목적을 띤 듯싶고 고요 속에서 명상을 기본

전제로 깔고 한다는 점이 애초의 기대와 달라서, 그보다는 일상생활의 패턴 자체가 고요해질 겨를이 없는 바람에 혼란스럽고 지쳐서 6주를 다니다가 그만두었고, 아니 8주까지는 갔던가, 어쨌거나 나머지 결석 부분에 대해서는 환급받지 못했고, 이의를 제기하는 진여에게 원장은 뭐라도 성과를 곧바로 내어야 한다는 그 다급함이 참된 수련에 방해가 된다는 충고만을 남겼을 뿐, 지금 와선 '루시드 드림 실전 세미나'에 등록했다는 사실을 포함하여 그런 제목의 세미나가 진짜 있었는지도 확실치 않은데…… 오장을 쏟아낼 것처럼 거푸 기침을 하고, 진여는 고치에 싸인 자신의 몸을 하시(下視)하는 게 아니라 테이블 모서리를 측시(側視)하는 위치에 놓여 있음을 알게 된다. 리모컨은 바닥에 떨어져 있고, 언제인지 모르게 꺼진 티브이가 보인다. 테이블 모서리에는 거미줄도 부지런한 거미도 없다. 혼몽 간에 훑어버렸나. 진여는 리모컨을 주워보나 거기에는 거미줄이 붙어 있지 않고 양손도 깨끗하다. 손으로 머리를 문대어보아도 끈끈한 것이 만져지지 않는다. 신이 토해낸 세계에서 빠져나온 모양이다. 어디서부터 무엇까지가 꿈의 침습이었는지 알 수 없다. 익숙해져야 한다. 모두는 아니더라도 이 도시에 사는 많은 사람이 공통으로 겪는 일이라고 했고 우리의 삶은 더 이상 이전으로 돌아가지 못하니 앞으로 이 사태 속에서 어떻게 살아갈지를 강구해야 한다고 그랬다. 어쩌면 이 일은 우리의 평생을 관통하는 과업이 될지도 모른다고, 우리의 후손은 우리보다 이 상황에 익숙해지고 현실이라는 피륙을 이염시킨 꿈의 물감들에 대처 가능한 존재로 거듭날 것이라고, 지금 우리가 과도기의 혼란에 적응하고 이를 관리하여 미래까지 갖고 가주어야 한다고. 그렇다면 이 상황에 붙일 말로 어울리는 것은 강구(講究)보다는 간구(懇求)가 아닌가, 존재 여부를 알 수 없는 신에게로의 간구, 같은 생각을 하며 진여는 몸을 일으킨다. 현실에 출몰하는 꿈의 이미지로부터 자신을 지켜낼 이렇다 할 방역 지침이 없는 상태에서, 어떤 포럼이나 강좌에 참석한 사람들은 눈앞의 것들을 끊임없이 의심하는 훈련을 한다. 이를테면 작고 연약한 집거미가 한 마리 있을 뿐 거미줄로 만들어진 고치부터는 사실이 아니라고 의심함으로써 걱정할 것 없다고, 깨어나기만 하면 된다고 일상의 영속성을 확인하는 것이다. 그런데 이 의심이란 속세와 인연을 끊은 구도자들에게는 일상 내지 호흡과 다름없는 명상의 한 방법이나, 보통의 사람이 이것도 저것도 의심하기 시작하면 거미와 고치를 엄격히 분리해서 취사선택하기 힘들고 꿈에서 벗어난 다음의 현재 상태도 의심하게 되어 안전을 얻지 못하며 결국은 자기 존재 유무마저 의심해야 하는데, 설령 바로 이것이 불자들이 원하는 궁극의 상태라고 하더라도, 너 죽고 나 사는 걸 기본으로 삼는 도시 생활자에게는 현명한 선택이 아닐뿐더러 웬만한 이들은 그 경지에 닿을 수 없으니 혼란만 가중될 것이다. 자기 자신조차 원자 단위로 분해되기를 희구하는 청명한 의심이 아니라 사건의 진상을 파헤치고 원인을 적발하여 처단하려는 의혹과 검증의 수사관적 태도만이 남아, 그 앞에는 필시 또 한 번의 좌절이 예약되는 것이다. 그런 명상이 무의미하다거나, 혹은 너무 깊은 명상 끝에 자칫 존재 기반 자체가 흔들리는 위험에 빠질 수 있다고 판단하는 이들은 조금 더 고전적이고도 간단한 방법을 쓰는데, 사전의 관용구 예문에 포함될 정도로 원시적이어서 입 밖으로 내거나 스스로 실행하기에 다소 민망한 바로 그것, 자기의 뺨을 꼬집어보거나 때리는 것이다. 이는 관련 증상이 본격적으로 창궐하던 무렵 몇몇 교양 방송에서 의사와 심리상담가 등 각 분야의 전문가가 결코 우습게 볼 동작이 아니라는 첨언과 함께 제안한 것이다. 근본적인 방법도 만병통치도 아니나 적어도 증상 속에서 불쾌감을 넘어 위험을 느낄 적에는 꿈의 얼룩을 지우고 일상으로 복귀하는 데에 응급처치 격으로 도움이 된다고 말이다. 이를테면 무너지는 건물 안에서 공포를 느낀다면 얼른 신체에 자극을 주어, 건물 붕괴는 착각일 뿐 현실의 자신이 얼마나 안전하고 쾌적한 사무실 안에서 근무 중인가를 확인할 수 있을 것이다. 그런데 이는 가벼운 증상을 겪는 이들에게라면 모를까, 당사자의 현실이 이미 꿈에 압도당한 경우 꼬집어야 한다는 행동 자체를 떠올리지 못한다는 사례가 착실히 쌓이는 중이며, 그보다 좀더 과격한 행위를 실천에 옮기는 바람에—창을 깨고 뛰어내리거나 칼로 몸을 긋거나—중상자도 나오고 아직 깨어나지 못한 사람들도 있다고 할 정도니 현재로선 적극 권장할 방법이 못 된다. 그리하여 한때 각성 보조 애플리케이션도 여럿 개발됐는데, 형태와 구성은 다양하나 기본적으로 사람들이 손목시계나 휴대전화만큼은 항상 몸에 붙이고 산다는 점을 고려하여, 사용자의 바이털 사인을 분 단위로 추적하면서 수면 상태와 가까워질 때 진동 알람으로 직접 자극을 주어 깨우는 방식으로, 취침 시에는 작동하지 않도록 설정할 수 있다. 이 애플리케이션의 표면적인 목적은 꿈 증상의 주기와 빈도를 데이터화하여 치료에 도움을 주고자 하는 것이며, 완치야말로 꿈같은 소리라 한다면, 꿈속에서 스스로를 꼬집지 못하는 사람에게 만에 하나 생길지 모르는 사고를 방지하기 위함이다. 초기에는 군용과 야간작업자용으로 개발된 제품이 보급형으로 출시된 것인데, 이들이 크게 각광받지 못한 이유는 애플리케이션에 의존한 급격 각성을 자주 겪게 되면 대증 이상의 근본 치료에 도움되지 않을뿐더러 장기적으로는 심각한 신체 문제를 야기할 수 있다는 전문가들의 문제 제기 때문이다. 생물학적 가능성만이 아니라 오랜 옛날 현인들이 그리 여겼듯이. 사람이 잠든 동안 육체를 떠난 혼이 밤새 유람하여 산 것과 죽은 것들 가림 없이 교유하다가 눈뜨기 직전 그 몸으로 돌아오는 일, 그것이 꿈의 전부. 그 혼이 몸에 제대로 장착되기 전에 갑작스레 깨어버리면 숨을 거두거나 잘해야 몸과 혼이 어긋난 채 분열적인 삶을 살게 되기에, 잠든 이의 어깨를 섣불리 잡아 흔들어서는 안 된다는 고대의 믿음, 그 자장 안에서 사람들은 살아가는 것이다. 어쨌거나 꿈이 현실에 나타난다고 하여 현실에 적극적으로 개입하지도 현실을 부수지도 않으며 개개인이 정신만 똑바로 차린다면 아무 일 없이 지나간다고 말들은 쉽게 하지만, 강력한 꿈의 이미지에 영향을 받은 사람이 마주 오는 차에 뛰어들거나 집에 불을 지른다면, 그것이 어떻게 개입이 아니라고 간주할 수 있겠는가? 꿈도 현실도 아닌 세계에 걸쳐진, 피와 살을 가진 유령의 인구가 기하급수적으로 늘어나지 않도록 대책을 마련하는 것이 결정권자들의 일이다. 그러나 이미 여기까지 와버린 세계의 핸들을 어디로 얼마큼 꺾는단 말인가? 증상을 호소하는 대부분의 사람은 진여와 같이 표면도 이면도 외면도 내면도 아닌 세계를 오가며 아슬아슬하게 하루를 버티어내고 있을 것이다.

네 발자국 앞에 다이닝 테이블, 거기 시리얼 상자가 놓여 있다. 단지 고소하거나 달기만 한 게 아니라 하루를 버티어낸 사람에게 꼭 알맞은 비타민과 각종 유효 성분이 들어 있는 시리얼이다. 봉지를 개봉한 채 방치했는지 화랑곡나방 한 마리가 그 위를 맴돌다 시리얼 상자에 내려앉아 날개를 파르르 떤다. 냉장고를 연다. 구입한 기억이 없으나 잡아 다듬은 지 오랜 시간이 흐르지 않은 듯싶은 생닭이 그 안에 다리를 꼬고 누워 있다. 다시 닫는다. 냉장고를 연다. 멍들고 죽은 과일들이 몇 덩어리 보이는데 그것들은 고약한 취향의 오브제라도 되는 것처럼 에나멜이 도포되어 광택을 띠고 있다. 다시 닫고, 다시 연다. 진여가 찾던 우유가 거기 있다. 냉장고 안으로 뻗는 손가락 끝까지 피로가 몰려온다. 집는 순간 우유는 미끄러져 바닥에 떨어지는데, 바닥에 닿자 팩이 폭발한다. 도저히 1리터들이 팩에 담겨 있던 것이라고 보기 어려울 만큼 광범위하게 퍼져나간 대량의 우유는 언제 마지막으로 마셨는지 군데군데 튄 파편에 덩어리가 졌고 시큼한 냄새를 풍긴다. 시상하부가 진동하는 것을 느끼며 진여는 눈을 감았다가 뜬다. 바닥의 우유가 사라지지도 다른 것으로 대체되지도 않는다. 터진 우유 팩을 집어 유통기한이 표시됐을 것으로 짐작되는 자리를 들여다보는데, 거기에는 일견 테트라그라마톤을 닮은 듯하나 아무리 보아도 히브리어나 그리스어가 아닌 해독 불가능한 부호가 아직 다가오지 않은 과거로부터의 메시지처럼 나열되어 있다. 과거는 도래하지 않으며 미래는 통과하지 않는다. 시칭(時稱)은 카두케우스의 뱀처럼 꼬여 자신에게 유효한 동사를 갖지 못한다. 사물도 사소한 몸짓도 대과거 과거 현재 미래 같은 분류의 자장에서 벗어나 완료로부터 탈주한다. 진여는 여전히 흰 우유 방울이 주둥이에서 떨어지는 종이 팩을 싱크대에 던져 넣고, 바닥에 고인 우유를 내려다본다. 한 걸음씩 나가 맨발로 우유를 밟는다. 발바닥에 차가운 통증이 퍼져나간다. 또 한 발을 내딛는다. 어째서 자신이 밟고 서 있는 것이 깨진 사기그릇 조각이 아닌지, 어째서 바닥에 퍼져나가는 것이 붉은 피가 아닌지, 어째서 자신은 현실로 돌아오지 않는지 진여는 고민한다. 돌아온다고 치면 그 돌아온 자리가 현실이라는 보장을 누구도 해주지 않는다는 사실에 대해서도 고민한다. 고개를 들었을 때 한기가 온몸을 감싸고, 진여는 자신이 서 있는 곳이 집 안 부엌이 아니라 어딘지 모를 이국풍의 인적 드문 거리임을 알게 된다. 이국적이라고 여긴 것은 건축물들이 기존에 익숙한 도시의 그것과 미묘하게 달라서이다. 진여가 사는 도시는 집단 체제 유지에 용이하도록, 딱히 오가작통법같이 묶어서 감시

통제 같은 게 있지는 않으나 시민 관리 효율성의 극대화를 추구하여 거리마다 고층 아파트와 상가로 빼곡하며 양식이라고 일컬을 만한 구석이 없는데 이곳은 2층, 높아야 4층 정도, 부드러운 호선으로 이루어진 건물이 드문드문 섰을 뿐이라 스카이라인이 살아 있다. 올려다본 하늘은 저녁 언저리에서 완만한 움직임으로 하루를 접던 참, 구름에 걸린 노을의 조각이 잿빛 머리에 꽂은 붉은 핀처럼 빛난다.

그때 진여의 눈앞으로, 짙은 갈색 깃을 지닌 새 한 마리가 뒤뚱거리며 지나간다. 날아오르지 않고 눈 위에 작은 발자국만 남기면서 종종거리는 몸짓은 닭 같다. 진여는 냉장고 문을 한번 닫았을 때, 분해나 결합 내지는 소멸과 생성에 있어서 이 세상이 허용하는 범위와는 다른 논리로 존재하는 수탉이 역연산의 과정을 거쳐 여기까지 왔다는 생각이 든다. 고삐 풀린 열망의 덩어리처럼 닭은 부지런히 앞으로 뛰다시피 걷는다. 어찌되었든 그걸 먹을 생각은 없었으므로 진여는 닭의 부활이 다행이라고 여기지만, 우선 여기서 어디로 가야 자신의 부엌으로 돌아갈 수 있는지 알지 못한다. 발밑은 우유를 밟았을 때처럼 시린데 눈 때문인 듯하다. 겨자색 코트를 입은 진여는 부츠 신은 발로 흰 눈밭을 밟고 섰는데 정강이 아래로는 눈에 푹 빠져 보이지 않으며, 딱히 목적지가 있지는 않지만 이 자리에서 눈 속으로 점점 빠져들어가는 것이 좋은 선택은 아니라는 생각으로 닭을 뒤따라 한 발씩 옮긴다. 이 넓은 눈의 대지에서 고작 몇 걸음을 도망친들 무의미할 것을 알면서. 한 발을 내딛을 때마다 정강이에서 무릎, 무릎에서 허벅지까지 적설고(積雪高)가 깊어지고, 세 발자국을 옮기기도 전에 진여는 닭을 따라잡기는 커녕 중심을 잃고 뒤로 넘어진다. 머리와 등이 눈 속으로 꺼져 들어가는 감각이 끝나지 않는다. 하늘이 점점 멀어지고 시야는 눈으로 뒤덮인다. 입속으로 눈덩이가 쏟아져 들어오는데 차갑지 않으니 눈 속에 잠길 만큼 잠기고 나면 자신의 몸은 어느새 일상의 루틴을 이어가고 있을 것이며 이번에는 깨어나는 곳이 집이 될지 회사가 될지 광장 한복판일지 짐작할 수 없지만 뭐가 됐든 진여의 몸은 눈 속 아닌 어딘가에 있을 것……인데 호흡이 점차로 느려진다. 눈 더미가 흉곽을 짓누르고 팔다리를 결박한다. 눈 속에 잠긴다는 감각은 혹 잠김[沈]이 아닌 잠김[鎖]이었던 걸지도. 눈 속에서 진여의 몸이 어느새 굳건한 뿌리가 된다. 굳건하다는 말은 이 경직과 포획의 감각을 나타내기에는 부적절하달 만큼 대체로 긍정적이며 건강한 뉘앙스를 담고 있지만, 한편으로 단단하다든지 억세다는 말로는 이 압박감을 나타내지 못하는 것 같아서 그대로 굳건하다 여기기로 하는데, 그 밖에도 대체 가능한 수많은 단어가 머릿속에서 부침하며 읊

조림과 탄식에 삽입된다. 배열된 말들이 의미를 잃고 구천에 떠내려간다. 진여의 몸에서 일곱 개의 가지가 돋아, 이 세상에서 약속된 적 없는 고유의 모스부호로 우주와 교신이라도 할 것처럼 하늘로 뻗어 올라간다. 음송증(吟誦症) 끝에 혀끝에서 탈락된 말들의 송이가 저마다 가지에 부딪쳐 녹아버리기를 거듭하는 동안, 문장을 잃은 진여의 몸은 수관만 남고 비워진다. 피부를 뚫고 자라나는 뿌리가 눈을 부드럽게 부수어 땅속의 흙을 그러쥐며, 혹은 반대로 흙에 장악당하며.

수행하는 구루 가운데 어떤 이들은 극단적인 절제와 명상 끝에 자신이 명료한 의식을 지닌 그대로 꿈을 꿀 수 있다고 주장한다. 꿈속에서 깨어나기를 수련하는 이들과, 깨어 있는 채로 꿈꾸기를 수련하는 이들 사이의 차이를 진여는 평범한 사람으로서 알 길이 없다. 그들 모두의 말은 사실일 테고 저마다의 경험은 헛되지 않겠지만, 어쩌면 구루들은 몇 모금의 물만 마시며 홀로 면벽하다가 탈수로 생긴 신체적 정신적 여러 부작용을 두고 깨어 있는 채로 꾸는 꿈이라고 말하는 것일 수 있다. 사막에서 사경을 헤맬 때 보게 되는 신기루와 마찬가지의 감각으로. 그들은 저마다 그들 세계의 완전한 창조자로 신적인 존재가 되었다고 말한다. 현실의 인생을 영위하는 자로서는 어림도 없는. 보통의 사람들은 신적인 것에 대해서는 관심이 없다. 환자가 늘어나고 보편화에 만성화로 계절성 알레르기나 심리적 감기 취급을 받기에 이른 이 꿈 증상에서 자유로워지고 인생의 효율과 실리를 되찾는 것에 대해서는 관심이 있다. 진여는 꿈에, 즉 인생에 더 효율적이며 실리적인 무엇이 있을지도 모른다는 가능성에 대해 회의한다. 인생은 꿈이다 같은 말은 페드로 칼데론 데 라 바르카의 희곡까지 갈 것도 없이 뭔가 대단한 비의나 교리가 그 말 속에 담겨 있다는 듯 출처와 제목을 일일이 열거하기 어려울 만큼 많은 잠언록을 비롯한 고전과 영화를 통해 들어본 듯싶고, 잠은 죽음이다 같은 말은 신화 속 현인 우트나피시팀의 충고나 히프노스와 타나토스의 관계부터 사어에 가깝도록 쓰인 오래된 은유다. 쌍둥이 신은 서로를 바라보며 혹은 서로에게 등을 돌리고 말한다. 네가 나다. 나는 너다. 고작 서로의 그림자나 거울상 같은 게 아니라 나는 너의 시선에 의해, 너는 나의 외침에 의해 태어난 것이라고, 우리는 서로를 응시하지 않음으로써 생성과 멸실의 교집합을 포착한다고, 그리하여 죽음이 잠에게 머리를 좀더 기대고, 아니 잠이 죽음에게 좀더 어깨를 기울이고, 등을 붙이고서 벨 수 없는 물처럼 한 몸이 되어 말한다. 죽음이라는 잠에 관하여. 서로를 놓지 않는 형제의 악력에 관하여. 꿈은 잠에서 비롯하니 인생과 꿈이 같다면 인생과 죽음 사이에도 선명한 등호를, 최소한 근삿값의 부호를 그려 넣어야 할 것이다. 고대의 이집트인들이 잠을 죽음의 예행 연습으로 간주했듯이. 윤회를 강조하는 종교에서 삶이 곧 죽음이라고 단언하듯이. 아무것도 없음만이 유일한 진실이라고 설파하는 이들이, 삶도 죽음도, 그것에 대해 생각하는 자신조차 없다는 가르침으로써 모든 존재를 공평하게 부정하듯이. 진여는 승강장에 내린다. 생과 사를 한 문장 안에 담보한 보통의 인간으로, 살아 있지도 죽어 사라지지도 않은 상태에 놓이자 진여는 오히려 정신이 명료해지고 이번에는 어떤 오류도 착각도 없이 녹색 선의 H 역에 내려 어디로 향해야 하는지 분명히 알고서 몸을 돌린다. 깨어 있거나 꿈을 꾸거나 꿈꾸지 않고 잠들었거나, 또는 그 어느 쪽도 아니면서 그 모든 것을 동시에 구현한 상태로, 죽어 없어진 모습으로 삶을 살기 위하여.

안녕하세요, 선생님. 감색 교복을 입은 학생들의 인사에 화답하며 진여는 교정으로 들어선다. 선생님이라는 말에 진여의 피부 밑에서 바짝 긴장한 신경들이 서로를 촘촘히 얽어매며 일어선다. 선생님? 그렇지, 진여는 선생님이다. 스스로 그것을 잘 알고서 전철에서 내려 걸어오지 않았나. 볼품없는 실로 성기게 짜인 직물이나, 상처에서 흘러내려 더 이상 생명 지속에 가담하지 못하는 혈액에 불과한 현실이라도, 그것이 자기에게 속해 있고 자신을 증명할 수 있는 거라면 응고시켜서라도 붙들어야 한다. 진여가 돌아보자 학생들이 마침 잘 만났다는 듯이 묻는다. 비 오는데 체육 수업 어디서 해요? 운동장 아니면 체육관, 어디로 집합할까요. 우리반 1교시거든요. 비가 온다고? 그러고 보니 진여는 우산도 없이 걷고 있다. 문득 얼음 같은 증기가 목을 찌르는 느낌에 하늘 한 번 올려다보니 빗줄기가 선명하게 시야를 내리긋고 있는데 몸이 젖어들지는 않는다. 다시 마주 본 학생들도 우산 같은 건 갖고 있지 않다. 모두 교복을 입었다고 생각한 학생들은 다시 보니 저마다 다른 옷을 입었고 계절감도 제각각이다. 우산 없으세요? 저희는 이렇게 젖었어요. 추워요. 그러면 여기서 이러고 있을 게 아니라 얼른 교실로 들어가렴, 진여는 말하지만 혀와 이 사이의 마찰이 느껴지지 않아서 그 목소리가 밖으로 나왔는지는 확신할 수 없을뿐더러, 얼른-시간성의 상실, 교실로-어디에도 없는 공간, 들어가다-행위 주체자들에 대한 미시감에 사로잡힌다.

추워요. 저희도 들어가고 싶어요. 그런데 문이 없어요. 학생들의 입술이 파랗고 입에서 나오는 말들은 느릿느릿하며 구두점이 엉킨다. 아마도 '문이 닫혔어요'를 잘못 말했으리라 생각하고—등교 시간에 문이 닫혔다는 것도 문제지만 문이 없는 것보다는 그나마 현실적이지 않은가—진여는 아이들에게 손짓한다. 함께 문이 있는 곳으로 가보자. 춥다고 하니 두 손을 내밀어 그들의 손을 하나씩 잡아주고 걸어가는 동안 진여가 느끼는 이상한 점은, 자신의 손은 두 개일 텐데 최소 네댓 명은 넘는 아이들의 손을 모두 하나씩 잡왔다는 것이다. 그런 상태로 문이 있다고 생각되는 곳으로 다가가는데, 정말로 자물쇠로 채운 문조차 보이지 않는다. 정말. 정말이라는 말이 지금 사태와 어울리지 않는다. 그렇다면 거짓말처럼. 거짓말처럼 문이 없다. 문이 없다는 거짓말. 어쩌면 문이 있다는 것이야말로 거짓말. 어디에도 문이 없다는 진실이 어디에나 문이 있다는 거짓보다 낫다. 어딘가에 문이 있다고 하는 것도 사실과 거리가 있을 것이다. 어디에도. 어디에나. 어딘가에. 아무리 격조사를 달리하여 촘촘한 그물을 펼쳐도 의미는 미세한 구멍을 통과하여 빠져나간다. 이것 보세요. 문이 없다고 했지요. 설계가 잘못됐어요. 처음부터. 정말도 거짓말도 무의미한 공간에서 문이 없다면…… 부수어 길을 내면 그만 아닐까? 그러나 최소한의 상식을 놓지 않고서 진여는 웃으며 고개 젓는다. 문이 없으면 어떻게 이 안에 들어가고 나오고 공부하니. 봐라, 건물 안에 책걸상도 교탁도…… 그렇게 말하며 고개 들어 본 창문은 조명 한 점 없이 캄캄하여 그 너머에 뭐가 있는지 보이지 않는다. 어둠의 입자들이 서로 부딪쳐 파동을 일으키고 부풀어 올라 어둠 그 자체가 하나의 실루엣을 갖고 움직인다. 창문이 보이면 문도 있지 않을지, 창문이 있으니 그리로 들어가도 될 테지만 창문은 진여가 아무리 뛰어올라도 닿지 않을 까마득한 높이에 줄지어 붙어 있다. 이 건물을 만든 사람들은 그날 이후로 이 안에 그대로 있어요. 누군가가 꺼내주기를 기다리면서요. 건물 안은 모두 미로로 이루어져 있는데 문이 없어서 아무리 주의를 기울이고 탐색하더라도 미로를 탈출한다는 결말이 존재하지 않아요. 아이들의 손을 이끌고 본관 건물 주위를 한 바퀴 빙 돌아본 다음 신관 뒤편으로도 가보지만 그곳에도 들어갈 수 있는 문은커녕 애초에 문의 형태를 갖춘 자리가 보이지 않는다. 벽이라도 뚫어야 하나 대관절 무엇으로, 생각하고 둘러보는데 설상가상으로 본관과 신관 이렇게 두 채로 이루어진 줄 알았던 건물이 어느새 복제되어 세 채…… 네 채를 지나 진여의 눈이 한 번 닿을 때마다 증식한다. 증식만 하는 것이 아니라 잡아당긴 스판덱스처럼 창문도 모서리도 기름하게 늘어나 있고 각각의 끝이 낭창거린다. 어디부터 어디까지가 학교 건물인지 파악할 수 없고 진여는 애당초 여기가 학교였는지도 의심스럽다. 형태는 윤곽을 잃는다. 손안에 쥐었던 감촉이 사라져서 뒤돌아보니 잘 붙어 따라오던 학생들이 보이지 않고 진여는 혼자다. 어느 틈에 저만치 앞서간 아이들은 웃으며 모퉁이를 돌아서고 있다. 이런 곳에서 아이들과 떨어진다는 것이 어떤 의미인지는 몰라도 위험하다는 감각만은 엄습해와서 진여는 소리치며 그들을 뒤쫓는다. 거기 서, 너희들끼리는 안 돼. 모퉁이를 돌았을 때 그곳에는 아무도 없으며 빗줄기는 여전히 진여의 몸을 적시지 않는다. 사태는 논리를 잃는다.

이곳은 분명 여자중학교, 진여는 2학년을 담당한 체육 교사이며 지금은 등굣길이다. 건물은 신관과 본관 두 채로만 구성되어 있으며 들어가고 빠져나올 문이 어딘가에 분명 있다. 진여가 눈을 뜨면. 진여가 세번째 눈을 뜨기만 하면. 어째서 세번째? 세계는 세 배로 명료해질 것이며 세 배로 아름다워질 것이다. 어떻게? 진여는 무심코 이마를 손등으로 훔치고, 거기 아직 뜨지 않은 세번째의 눈꺼풀이 있다는 걸 알아차린다. 세 개의 눈. 세 개의 점. 세 번의 기회. 세 가지 보물. 세 명의 동방박사. 세 개의 영혼. 세 개의 세계. 이마 한가운데 있는 줄 몰랐던 뜻밖의 눈을 꼭짓점으로 하여 진여의 얼굴에 삼각형이 그려진다. 아직 뜨지 않은 눈이지만 그 눈이, 이 세상의 모든 것은 셋부터가 완전하고 세 배로 아름답다고 말해준다. 셋은 이 세상에 존재하는 최상급을 가리키는 말이며 그 이상의 숫자는 사족에 불과하다. 반드시 세 명의 형제. 언제나 세 개의 관문. 두 명의 형은 실패하거나 살해당하거나 저주를 받아 석상이 되는 등 무엇이 됐든 추방당할 운명의 소유자들로, 셋째가 자신들을 구조하거나 방어하거나 기존의 질서에 편입 및 복권시켜줄 것을 기대해야 한다. 두 개의 관문 너머에는 각각 불과 어둠의

지옥이 도사리고 있으며 끝까지 선택되지 않고 남은 세번째의 문만이 주체를 생명과 진리의 빛으로 인도한다. 앞의 두 번이나 두 가지, 앞선 두 명은 도래할 세번째와 발아할 세 명째의 광휘를 위한 불쏘시개이며, 세 가지가 채워지기 전에는 완성되지 않는 보주, 열리지 않는 상자, 닿을 수 없는 진실에 불과하다. 그 가치 있는 세번째 눈은 멸균 봉합사로 눈꺼풀을 꿰맨 양 아무리 이마에 힘을 주고 꿈틀거려보아도 떠지지 않는다.

에포케epoche라는 간판만으로는 치열하고도 우아한 토론을 위한 살롱이나 스터디 룸을 떠올리게 하지만 이곳의 업종은 아로마세러피로, 총 열한 개의 개별실이 있으며 다섯 명의 관리사가 상주하여 방문객들을 용도와 필요에 따라 안내 및 케어한다. 진여는 안내받은 대로 스카라베의 그림이 그려진 문을 열고 방으로 들어가 환복하고 눕는다. 미용 관리에 큰 관심이 없는 진여는 아로마세러피라고 하면 마사지 숍에 옵션으로 붙어 있거나 헤어 숍에서 모발 두피 강화 용도로 제공하는 프리미엄 서비스 같은 것으로 생각했는데, 이 가게에서는 열한 개의 방 모두 아로마세러피만을 취급한다. 얼굴과 몸에 아로마 오일을 바르고 고객의 필요와 선호에 따라 관리사가 큐레이션을 해온 향에 디퓨저를 꽂으며, 오일을 펴 바르기 위한 짧은 시간의 마사지 외에 족욕이나 반신욕 옵션은 없는데, 물에 몸을 담근 채로 잠들어 버리면 위험해서다. 개업 당시에는 원장 포함 세 명이서 동시에 여러 손님이 찾아오더라도 대응이 가능했다는데, 지금은 예약이 폭주하여 시간 간격을 빡빡하게 배치하고 상시 만실이 되는 경우가 많아 진작부터 직원을 두 명 더 뽑았다고 하는데도 모두 쉴 틈 없어 보인다.

먼 옛날 외국의 사신이 가져온 낯선 풀을 가슴에 품고 잠들었더니, 황제는 지난날 세상을 떠나 그리워했던 부인을 꿈속에서 만났다고 합니다. 이 풀은 몽초(夢草)라는 이름으로 두 가지 역할을 했던 모양입니다. 하나는 좋은 꿈을 꾸게 해주는 것이고, 다른 용도로는 이걸 품고 잠들면 간밤 자기의 꿈이 길몽인지 흉몽인지를 점칠 수 있었다고 합니다. 들어보셨을까요. 『유양잡조(酉陽雜俎)』에 기록된 전설로 말씀처럼 상상의 약초에 불과합니다만, 신비로운 힘을 갖고 있지는 않더라도 저희가 재배한 이 풀의 성분이 최대한 심신을 이완시켜서 좋은 꿈을 꾸게 해드린다는 것이 주요 콘셉트입니다. 깨어나면 무척 기분 좋은 꿈을 꾸었다는 인상만 남아 있는 분들도 계시고, 드물게는 꿈의 세부 내용이 선명히 기억난다는 분들도 계신데, 저희가 자체 바이오센서로 체크한 결과 각각의 사용자분 사이에 나타나는 피로 회복 정도의 차이는 유의미하달 만큼은 아닙니다. 효과가 없다, 피로가 풀리지 않았다고 컴플레인을 넣으시는 분들이 아주 없지는 않습니다만 그것은 제 생각에 아무래도, 남들보다 예민하여 꿈을 자세히 기억하고 떠올릴 수 있었던 고객님이 꿈을 기억하지 못하는 분들보다 뇌의 작업을 한두 단계라도 더 많이, 더 복잡하게 수행해서 그런 게 아닐까요. 데이터의 숫자는 거짓말을 하지 않는답니다. 아…… 글쎄요, 이 풀의 진짜 이름은 저희가 알려드리기가 조금 그렇습니다. 전설의 이름 그대로 그냥 몽초라고만 생각해주세요. 외국에서 들여온 품종을 교배하면서 수십 차례 실험에 실패한 끝에 개량한 건데 저희만의 비법이 좀 있고 아무나 다룰 수 있는 게 아니다 보니까 소량 재배만 해서 대외비에 부치고 있음을 양해 부탁드립니다. 말씀대로 외래 생물 반입 및 검역 관련 법률을 위반한 일이긴 합니다만, 이곳을 다녀가신 분들은 지금까지 누구도 이 점을 문제 삼거나 공론화하거나 신고하지 않았답니다. 고객님들 입장에서도 다시 오고 싶은 장소를 잃을 수는 없으니까요. 그만큼 효과를 보셨다는 뜻도 됩니다. 하지만 보시다시피 별다른 가공을 하지 않았으니 화학 독성에 대해서는 염려하지 않으셔도 됩니다. 아니요, 마약은요 무슨, 그런 위험한 것이었다면 좀

더 은밀하게 정제해야겠지요. 만약 중독되었다고 느낀다면 그것은 깊은 잠을 자고 싶고 악몽에서 벗어나고 싶다는 소망 성취에 대한 지속적인 갈증이 반영된 것이지 이 풀 때문이 아닙니다. 내성이란 게 없어서 이번에 잎사귀 한 장 쓰고 다음에 두 장 네 장, 이렇게 늘려야만 효과를 본다거나 그렇지도 않습니다. 우리가 비타민의 복용을 2배수로 늘리지 않고 매일 정량을 지키는 것과 마찬가지로요. 마약 계통이었다면 무엇보다 가격 면에서 지금보다 영 두 개…… 최소 하나는 더 붙겠지요. 이 잎을 그대로 가슴에 얹어놓는 것 외에 별도로 아로마 오일 형태로 쓰는 것은, 증류와 제조 과정이 길고 복잡한 데다 장치도 필요해서 손님 앞에서 보여드릴 수 없는 게 아쉽습니다만, 이 풀이 중간 단계에 가공 투입된다는 것 외에는 그저 일반 숍에서 쓰는 천연 향료 그대로라는 걸 믿어주세요. 이곳에서 꼭 한 시간만 깊은 꿈속에 다녀오시면, 밤샘 작업을 해도 이튿날 저녁까지 피로를 느끼지 않는다는 정기 회원들의 후기를 많이 찾아보실 수 있답니다. 한 시간을 케어에 투자하고 개운하게 일하는 시간을 더 벌 수 있어서, 늘 바쁘시고 출장도 잦아 시차에 시달리게 마련인 기업의 CEO분들이 특히 좋아하십니다. 최근 일반 고객분들도 널리 이용하시다 보니까 대기업 임원진이나 예체능의 유명 인사분들은, 좀더 고급스럽다고 해야 할지요, 널

찍한 공간에 비해 룸 수는 적어서 각 룸의 간격이 지금보다 더 떨어진 유사 가게로 대거 옮겨 가실 거라고 생각했답니다. 아무래도 VIP분들의 입장에서는 그런 곳이 인구밀도가 낮아서 사생활이 더 잘 보장될 것 같다는 느낌도 드실 테고, 요인 경호 인력들도 비밀스러운 장소 다음으로 그런 장소를 선호하니까요. 그런데 다른 가게로 갔다가도, 안전이나 보안 문제에 가게마다 큰 차이가 없다는 점을 확인하신 다음에는 다시 돌아오시곤 합니다. 화려한 거 조용한 거 다 필요 없더라고, 원조가 최고라고요.

아닌 게 아니라 진여도 영상이나 사진을 동원하여 이 가게의 고유한 서비스를 소개하는 이용 후기들을 인터넷에서 먼저 훑어보았지만, 홍보비를 받고 긍정적인 뉘앙스로만 올린 것인지 무료 체험단의 입 발린 소리인지 알 수 없는 칭찬 리뷰보다는, 다만 판단을 중지하고 보류한다는 가게 이름에 마음이 끌려 찾아온 것이다. 물론 부드러운 마사지로 내장부터 발가락 끝까지 온몸의 긴장이 풀어지는 바람에 아무 생각도 없어져서 자연히 판단중지 상태가 됐다는 뜻이겠고, 나름대로 유머를 담으려고 노력한 것처럼 보이는 그 의미 이상의 큰 기대는 없이. 지금까지 꿈 증상에서 벗어나기 위해 치렀던 유목에 가까운 시행착오로 미루어봤을 때, 이렇게 관리를 받고 휴식을 취하는 시간은 일상에서 벗어나 잠깐 누리는 호사 정도로 간주해야, 본전이나마 회수하는 효능감이 들 것이다. 도대체가 정체불명의 잎사귀를 가슴에 품고 한 시간 잠드는 것만으로도 좋은 꿈을 꾼다는 게, 좋은 꿈인지 어떤지는 어차피 일어나면 기억나지 않을 테며 일어났을 때의 몸 상태와 기분으로 짐작하는 것뿐인 데다, 그 방식이 지금의 문명과는 어울리지 않는다. 풀을 가슴에 끌어안는 행위는 고대 전설을 흉내 내고 그것을 복원하는 일종의 의례에 불과하며 그것이 진실 여부도 알 수 없는 머나먼 과거의 힘을 오늘날 되살려주지는 않는다. 사람이 탁비(橐蜚)의 깃털을 몸에 지니면 천둥이 쳐도 놀라지 않는다든지, 계변(谿邊)의 가죽을 침대에 깔고 자면 요사스러운 기운에 빠지지 않는다든지, 기여(鵸鵌)나 염유어(冉遺魚) 고기를 먹으면 잘 때 가위에 눌리지 않는다든지 하는 것이 다 몽초와 같은 맥락을 띤다. 다발성이 두드러지는 고대 상상의 산물보다 조금 더 정제된 문명 속에서 양식과 절차를 갖춘 제의 유형으로 넘어오더라도 사정은 비슷하다. 이 빵은 나의 몸. 이 잔은 나의 피. 가톨릭 신부의 제단에서 주일마다 반복되는 최후의 만찬 같은 양식. 순수하고도 경건하지만 종교적 의미를 거두고 가치중립적으로 바라보았을 때는 피도 살도 아닌 것. 사제가 두 손으로 들어 올린 것은 누구의 살 같은 카니발리즘적인 무엇이 아니라 다만 동그란 틀에 맞추어 찍어내고 몇 마디의 기도와 성호로 축성한 밀 전병. 진여의 가슴에 올려놓을 것은 관리사가 유창한 말솜씨로 지나치게 의미를 부여한 풀 한 포기. 꼼짝 않고 가만히 엎드리거나 누운 자신의 몸을 전문가가 정성스럽고도 편안하게 돌봐준다는 점에서 비롯하는 위약 효과 정도는 기대할 수 있겠다. 보건 정책 대변인은 수면에 관한 한 아직까지 병원에서 의학적 대응을 하고 있으나 꿈 관련 진료소가 전염병 못지않은 수준으로 창궐에 가까운 난립을 하여 각종 꿈 관리사라는 이들이— 초기에는 그들이 자칭하는 대로 꿈 치료사로 불렸으나, 꿈 해석을 통한 자기인식과 자기완성이 최종 목적인 기존 꿈 치료dream therapy와 혼동되므로 자신들의 업을 훼손하지 말라는 전문 상담가들의 항의로 최소한 언론에서는 관리사로 통일하고 있다— 검증되지 않은 치료와 강연을 곳곳에서 무자격으로 진행하고 있으니 시민 여러분께서는 각별히 주의하시라는 브리핑을 정기적으로 내보내는데 그 보도와 당부는 이제 거의 형식에 가깝고, 꿈 증상을 앓는 사람들은 대부분 자신에게 가장 잘 맞는 방식의 치료를 찾아 전전하며 비용을 들이는데 도시 정부에서도 사실상 방치하는 수준이다. 갱단이 주름잡는 사회의 정부가 마약 생산과 유통을 발본색원하지 못하는 것처럼, 꿈 증상을 개선하겠다고 유무형의 각종 약을 팔아대는 일은 그 규모가 커져서 일종의 산업으로 자리 잡았는데 이를 강제로 금지했다가는 사회경제에 어떤 파장을 불러올지 알 수 없다. 적지 않은 사람들이 일자리를 잃는 것은 물론 이 꿈 관리사들의 존재를 필요로 하는 이들의 원성도 작지 않을 것이다. 하여 지금은 간헐적 단속(斷續)적으로 단속(團束)을, 그것도 사전에 업소나 진료소에 연락을 주고 형식적으로 시행하는 정도다. 특히 세러피 용품 판매와 관리를 함께하는 업소들의 경우 6개월에서 1년짜리 회원권과 성분 모를 물건을 팔아놓고 잠적하는 등의 사기를 쳐서 검거된 적이 종종 있지만 그 외에는 딱히 수색이나 체포를 위한 명분을 들이대기가 애매한 형편이다. 질 좋은 잠을 자기를 바라는 많은 시민, 꿈 증상을 앓는 시민들이 자신들의 상태를 개선해주면서 심각한 부작용이 드러나지 않은 거라면 뭐든 이용하고 싶어 하는 마음을 탓하거나 억제할 수 없으니, 공무 관계자들의 묵인 아래 이 산업은 뿌리내리고 있다.

진여는 목과 어깨, 팔에 아로마 오일을 펴 바르는 관리사의 손길을 느끼며 눈을 감는다. 방에 들어선 관리사가 검은 안대를 스스로 눈에 두르는 모습을 보면서는 의아했는데, 고객의 피부와 접촉하는 손끝에 감각을 집중하여 최상의 서비스를 제공하기 위해서라고 한다. 그것이 쇼맨십만은 아닌 듯, 관리사가 상반신의 일부만 건드렸을 뿐인데도 진여는 그전까지 미처 알아차리지 못했던 수많은 씨앗이 자신의 온몸에 분포해 있어서 그것이 자극을 받고 배유(胚乳)가 반응하여 부풀어 오르다가 이윽고 싹을 틔우는 감각에 사로잡힌다. 몸을 갈라 흉곽 아래의 모든 내용물을 빼내어 비우고 몸의 꼴을 지탱하던 안감[內供] 같은 뼈대도 발라낸 다음, 유출한 것들을 최선의 재배치와 구성을 통해 다시 조립해 넣는 느낌. 자신의 내부에 주석(酒石)의 형태로 가라앉아 있거나 주석(註釋)처럼 매달려 존재를 부연하던 것이 한층 끌어올려져서 빈곤한 정신을 보강하는 안정감이다. 불화에서 조화로, 분열에서 합일로, 하양과 검정, 오른쪽과 왼쪽, 지상과 지하, 물과 불, 선의와 악의, 인력과 척력 등 대극을 이루는 거라면 무엇이든 결합하여 조율한 끝에, 태초부터 구분이 없고 그것을 부를 이름도 없으며 그러기 이전에 그것이라고 가리킬 존재도 없다는 듯 하나가 되어 자신의 내면에 장착되는 플레로마의 감각이다. 진여의 몸은 갓 튼 솜을 채워 넣은 헝겊 인형이 된다. 아무래도 좋다는 방기에 가까운 쾌락이 근육에 깃들고, 실존과 실재에 대한 불안을 포함하여 모든 판단과 분석에서 진여는 한순간 자유로워진다. 몸이 희석되어 의식만 남은 느낌을 받기에 이르렀을 때, 일련의 과정이 끝났는지 관리사는 진여의 가슴 위에 문제의 몽초라는 것을 얹어준 다음 그 위로 대형 수건을 덮으며

속삭이기를,

좋은 꿈 꾸세요.

좋은 꿈이라고. 죽은 관용어들의 사전이라는 게 있다면 거기 등재되어 있을 법한 말이다. 푹 잠든 다음 안락한 성분과 달콤한 자극만 남아서 깨어났을 때 그 내용이 기억나지도 않는다는 꿈에 대해서는 왠지 별도의 대금을 치러야만 할 것 같다. 꿈의 영수증에는 얼마큼의 숫자가 찍혀 나올지 진여는 생각하지 않기로 한다. 출처를 극비에 부치고 희소성을 강조하는 식물을 이용한 아로마라는 게— 한번 고객의 가슴에 얹어 깊은 꿈을 제공한 몽초는 시들해지니 당연히 재사용은 불가하여 고객이 보는 자리에서 태운다고 하는데, 이미 체온과 땀이며 각질로 오염된 풀을 아무리 열소독하고 건조시킨들 아로마의 원료로 갈아 넣기에도 위생상 좋지 않겠고, 풀이 그 사람의 꿈만을 흡수하고 불살라짐으로써 정화의 역할을 다했다는 상징적인 의미를 나름대로 부여한 것 같다— 얼마나 사치스러우며 의료적으로도 문제가 있을지 우려가 되지 않는 것은 아니나, 진여는 그야말로 분석하거나 냉소할 모든 힘을 잃고 판단중지 상태 그대로 꿈의 융점에 용해된다. 암부에 녹아들어가는 자신의 모습이, 감은 눈 안에 보인다.

나선의 흐름대로 심연으로 빨려들어가는 술렁임이 있다.

소리 위로 막을 한 겹 덧씌운 것 같다. 조심스러우면서 호소하는 듯한 음성, 안타까움과 격려, 경계와 우려와 두려움을 담은 복합적인 성분의…… 그런데 누구의? 진여에게 친숙하면서 진여가 전혀 모르는 목소리다. 한 명의 속삭임이면서 여러 명의 두런거림이다. 누군가가 귓가에 대고 나직한 어조로 비밀리에 건네는 말이면서 떼 지어 외치는 비명이다. 이걸 목소리라고 할 수 있나. 풀잎이 피부에 닿아 바스락거리는 연하고 순한 잡음. 그러다 피부를 베고 영혼에 염증을 일으키는 굉음. 대부분은 알아들을 수 없지만 돌아와, 같은 짧은 명령형의 단어가 들어 있었던 듯도 싶다. 가지 말라고? 돌아오라니. 가기는 뭘 얼마나 멀리 간다고 돌아오라고 하나, 그보다 가면 어디로 간다고. 돌아와. 원래의 자리로. 질서와 규칙의 일상을 종용하는 세 음절. 돌아오라는 말이 주는 안정감과 보존감 대신 불안감이 진여의 발목에 손을 뻗는다. 머나먼 시공을 떠돌다 뒤늦게 도착한 소리의 교직(交織)이 귀를 흔들며 진여의 의식이 꿈의 점막에 닿는 것을 방해한다. 누군가가 자신을 이토록 간절하게 부르고 막을 정도라면—그런데 그럴 만한 사람이 있었던가—굳이 나선을 따라가지 않아도 상관없지만 진여는 이미 자신의 의지라고 할 만한 게 거의 남아 있지 않은 채 반쯤 꿈속의 존재로 **환원**되어, 몽초가 혼을 풀어주기 전까지는 움직임을 임의로 제어하지도 경로를 틀지도 못할 것 같다. 이 순간 육체는 영혼의 유실물 내지는 유류품에 불과하다. 너는, 몽초는 무슨 이미지를 혹은 사물을 번역하여 들려주고자 하는가. 소리가 형태와 색채를 입곤 진여의 전신을 코일처럼 감는다. 딱 따 따 따다다닥 무언가 단단한 것을 때리는 소리가 함께 울리는데 멜로디는 없다. 북소리라기에는 청아하고 망치질이라기에는 가볍고 부드럽다. 노크보다 조금 힘있는 소리. 언제라도 좋으니 돌아와. 기다리고 있어. 기도나 주문에 가까운 소리. 구음(口音)은 구음(口吟)이 되고. 잘못 전해진 등기우편처럼 귀에 닿은 모음은 자음을 잃는다. 소리에 무게가 실리고 장력이 생긴다. 울타리 너머에. 잎사귀 사이로. 고엽(枯葉)과 잔화(殘花). 벗겨진 수피(樹皮) 안으로의 부패와 코르크의 얼룩. 존망을 위해. 아니 전망을 위해. 어쩌면 절망을 원해. 의미가 연결되지 않는 말들. 세상에 분포한 모든 사소한 불가능에 가속도가 붙고, 무의식에 장전된 무수한 무의미가 보이지 않는 강선(腔線)을 따라 몸밖으로 난사된다. 누구도 이해하지 못하고 손가락질하거나 등 돌리는 예언이 되어 나선 주위를 부유한다. 상식과 논리와 세속의 언어가 실종된다. 끝나지 않은 나선만이 감은 눈속에 무한히 축적된다. 진여의 눈은 안쪽에 생성된 이미지들이 밖으로 빠져나가지 못하도록, 비밀번호를 모르는 금

고처럼 닫힌다. 시간의 갈피마다 높낮이도 부피도 알 수 없는 공간이 끼워져 있다. 그 마개 닫아. 벌레가 들어갈 거야. 꿈의 마개를 닫는다. 아니다. 닫은 것은 현실의 마개이다. 사람과 벌레를 둘러싼 모든 것이 꿈이고, 사람과 벌레는 덜 닫힌 마개의 가장자리를 타고 흘러나온 현실을 산다. 나선이 형성한 길목은 얼핏 거대한 병의 입구처럼도 보이긴 하나 벌레라니 혹시 자신을 가리켜 벌레라고 말하나 하여 진여는 자기도 모르게 고개를 돌려본다(고 느낀다). 누구의 목소리인지 여전히 알 수 없고, 누구를 향한 목소리인지도 모르겠다. 수많은 말소리가 커졌다 줄어들었다 하지만 대부분 맥락이 없이 파편적이고 그 음절과 음소의 조각이 제대로 인식되지 않으며 그것이 말이라는 것만을 간신히 짐작할 수 있을 뿐이다. 어쩌면 말로만 이루어진 것은 아닐 수도 있는데, 소리가 진행될수록 진여가 알지 못하는 외국어 같다가 짐승들이 자기들끼리 주고받는 특별한 신호처럼도 들리고, 얼마쯤 지나자 단지 발생만 할 뿐 의미를 갖지 못하는 마찰의 일종으로 바뀌는 것이다. 소리와 닿은 몸이 중첩과 간섭과 공명으로 출렁이고 음파가 몸 구석구석에 퍼져나간다. 의혹이 뇌문(雷文)처럼 소리의 표면에 새겨진다. 화상을 입은 소리에 수포가 잡힌다. 점점 머뭇거리면서 멀어지는 듯싶다가도 다음 순간 들이받아 나가떨어뜨릴 것처럼 가까워지기를 반복하면서 소리는 진여의 몸을 관통한다. 무언가를 침착하게 관찰하거나 스스로를 돌아보는 집중과 성찰의 행위 따위는 개입할 여지가 없어지며, 소리가 톱날을 세우고 훑어가는 곳마다 적나라한 열상이 생긴다. 에코의 마지막 장난이 멱살을 잡아끌어 일으키는 바람에 주위를 돌던 나선은 폐곡선으로 닫히고, 진여는 눈을 뜬다.

상반신을 일으키면서 가슴에 얹었던 몽초가 흘러내려 바닥에 떨어져야 하는데, 아로마가 느껴지지 않는다. 둘러보니 에포케의 작은 방이 아니라 아이보리 벽으로 둘러싸인 방으로, 석션기나 EKG 모니터 같은 그 어떤 전문적인 장치도 눈에 띄지 않으나 진여는 이곳이 병원임을 알 수 있다. 기어이 회사든 전철 어디서든 쓰러지거나 누군가와 부딪치거나 그 정도만 되어도 좋겠는데 뭐가 됐든 기타 꿈 증상으로 인한 사고로 실려 온 모양이며, 이래가지곤 당장 내일부터 출근을 거절당할지도 모를 것이 걱정이다. 누수된 꿈의 물줄기가 현실의 바닥에 고임으로 인해 일상에 어려움을 느끼는 이들을 대상으로 하여 도시에서는 무료 심리 상담 센터를 운영하고 있었고, 백신도 없는 데다 백약이 무효한 전염병을 사회적 거리 두기로 예방할 때처럼, 심각한 문제 행동이 의심 또는 예상되는 사람에게는 적극 휴식을 취할 것을 권고했는데, 이는 각 기업을 향한 강제 집행 사안이 아니라 개개인의 양식과 판단과 협조에 맡기는 소극적인 방안이라, 실제로 치명률이 높은 전염병이 돌 때도 노동자들은 자본가의 눈치를 보느니 아픈 몸을 이끌고 출근하기를 선택하는 환경에서, 고작 꿈을 이유로 휴가를 낸다면 인사고과에 영향을 미칠 뿐이며, 한편 꿈 증상이 경미하여 일상생활이 충분히 가능하다고 판정받은 이가 고의로 연휴에 붙여서 유급휴가를 내는 사례도 있으니 어느 쪽이든 부작용은 작지 않은 상태에서, 문제 행동이나 불안 요소를 제때 보고하지 않고 자기 관리에 실패한 직원은 과연 다음번 재계약에 성공할 수 있을 것인가. 그 같은 불안 못지않게 진여는 에포케에 갔던 경험이, 혹은 꿈이, 어쩌면 상상이 중단된 것도 아쉽다. 꼭 에포케라는 이름이 아니더라도 그 같은 장소가 실제로 있는지 유사 업체 정보를 검색하고 싶은데, 정신을 잃으면서 어딘가에 흘렸는지 휴대전화가 보이지 않는다. 진여는 원무과에서 신속하게 정산을 마치고 어안렌즈를 통해 바라보는 듯한 광경의 병실에서 벗어나고 싶다. 현재 처지로 보아서는 지갑도 무엇도 갖고 있지 않을 텐데, 아직 회사에 소속되어 있다면 신분 증명은 문제없을 테고 신용 정보에 따라 의료비를 후지불로 처리할 수 있을 것이다. 링거 줄이나 혈압계같이 몸에 거추장스럽게 매달린 게 없어서 간호사를 부르러 가기는 어렵지 않다. 몸을 일으키고

한 발씩 딛는 걸음이 가벼우며 바닥은 젤리처럼 꺼져들지 도 모래처럼 흩어지지도 않는다. 이곳이 견고한 현실이라는 데에서 솟는 안심이 피하에 주사액처럼 스민다.

문을 열고 나서는데 좌우를 둘러보아도 복도에는 사람이 보이지 않는다. 간호사 데스크는 물론 표지판도 엘리베이터도, 심지어 다른 병실도 없다. 그저 아이보리색 복도가 뻗어 있으며 벽들이 모퉁이를 형성하고 있을 뿐이다. 어느 쪽으로 가야 하는지 모르겠어서 진여는 우선 왼쪽으로 몸을 돌려 걸어본다. 걷다 보면 층계든 원무과든 뭐라도, 아니면 누구라도 나올 것이다. 모퉁이를 돌다 발끝에 걸리는 게 있어서 내려다보니, 누군가가 입원 환자를 문안했다가 문전박대라도 당한 것인지, 뒤집은 고깔모자처럼 생긴 과일 바구니가 복도에 떨어져 있다. 어쩌면 바구니는 그 특이한 생김새로 인해 세워두지 못하고 뉘어놓아야 하는 모양인데, 사과와 자두, 포도가 바닥에 수북이 쌓여 퍼져나간 모습이 순간 혈흔처럼 보여 움찔하지만, 뿌리쳐져 당황하고 상처받았을 방문객의 마음의 지도처럼 바구니 밖으로 흘러나와 있는 과일들은 그럼에도 불구하고 상처 하나 없이 싱싱하기만 하다. 아깝지만 멈춰서 그걸 주워 담을 여유는 없고, 지나가다 직원들을 발견하면 과일에 대해 이야기해야겠다고, 거동이 불편한 입원 환자들의 발에 걸리면 큰일 아니냐고……

생각하며 모퉁이를 완전히 돌아선 순간 진여는 어느새 거리로 나와 있다. 걸어서 병실을 나섰을 뿐이며 그다음으로는 현관문이든 중문이든 스윙 도어든 드나들 만한 문이라곤 한 개도 눈에 띈 기억이 없는데, 무엇을 통과해 온 것인지 모르게 진여가 지금 서 있는 곳은 차들이 슬로모션으로 달리는 도로를 옆에 둔 보도블록으로, 그 차들은 붉은 신호등을 받아 교차로에 멈춘 것도 아니며 차가 밀려서 가다 서기를 반복하는 중도 아닌데 정지 상태나 다름없는 속도로 달려간다. 그것을 달려간다고 말해도 좋을까. 기어간다고는 할 수 없다. 그들은 분명 달리고 있으나 진여가 포착한 속도가 그들의 속도와 다르다. 차들은 조바꿈을 하는 오선 위의 음표들처럼 이동하며 경로를 재편성한다. 다시금 꿈의 삼투압이 현실을 눌러 밀어내고, 와해된 실재의 조각이 뺨을 긋고 지나간다.

그때 마주 오던 한 여인이—둥근 배가 눈에 먼저 들어오는 여인은 진여가 아는 동료, 이름도 얼굴도 희미한 사람을 안다고 해야 할지 애매하며 동료라고 부르기엔 더욱 모호하나 어쨌든 같은 회사에서 근무한다는 사실만은 알고 있는 사람으로, 이목구비가 기억나지 않는 중에도 얼굴을 감싸듯 안으로 둥글게 말아 넣은 단발머리만은 인상적인데,

여인의 임신 여부나 외모보다 중요한 점은 진여가 평소 좋아하지 않는, 그 이유의 세목은 기억나지 않지만 증오나 혐오까지는 아니며 사소하고 어중간한 불편을 품고 기피하는 대상이라는 점이다—진여를 보자 마침 잘됐다는 듯, 그보다는 상대방도 진여가 딱히 반갑지는 않으나 눈앞에 있는 거라곤 너뿐이니 별도리 없이 말한다는 듯 팔에 덥석 매달린다. 아기가 숨을 안 쉬어요, 어떻게 할까요. 말의 내용은 급박한데 그걸 묻는 여인의 표정과 말투는 택시 정류장이나 우체국이 어디 있는지 아시느냐고 묻는 것 같다. 아니 그걸 나한테 물으면 어떻게 하는가, 그런데 가만 그 이전에 배 속 아기가 숨을 쉬는지 마는지 네가 그걸 어떻게 아는가…… 같은 이치를 따질 틈도 없이 진여는 덜컥 겁이 나서 여인을 잡아끌듯이 길을 안내한다. 바로 직전까지 자기가 있던 곳이 병원이었으므로 거기 데려가는 일 정도는 비록 제 코가 석 자인 상황에 놓였더라도 얼마든지 해줄 수 있다는 생각이 든다. 그리고 병원에 들어가자 놀랍게도 아까는 본 적 없던 원무과에 번호표에 제복 입은 보안 요원에…… 대기 환자가 로비에 꽤 보인다. 길을 맞게 찾아왔는지, 이 병원이 조금 전에 진여가 빠져나왔던 그 병원이 맞는지 전혀 다른 곳인지 모를 일이지만 어쨌든 병원이기는 하여 다행이다. 그러고 보면 아까 깨어났던 장소는 역시 병원이 아닐지도 모르겠고, 본의는 아니더라도 자신이 제공받은 침대나 기기나 기타 의료 서비스에 대해 비용을 치르지 않고 무단으로 도망쳐 나온 셈이어서 진여는 마음이 무거워진다. 질량도 부피도, 그 이전에 형태도 없는 마음이 무거워지거나 가벼워지고 커지거나 작아지고 깊어지거나 얕아진다는 건 이상한 일이다. 마음이라는 이름 말고는 아무것도 가지지 않은 것, 처음부터 끝까지 있는 거라곤 하나도 없는 것이 실체를 지닌 그 무엇보다 짐스럽다는 게. 동행한 여인의 문제를 해결하고 나면 그 짐을 덜기 위해 무엇이든 해볼 것이다. 최소한 자신이 무엇을 할 수 있는지 알아볼 것이다.

안내 데스크가 따로 없어서 진여는 갈색 옷 입은 여성 보안요원에게 다급히 묻는다. 응급실요, 응급실. 여기 임신부예요. 아기가 숨을 안 쉰대요. 안내받은 대로 두 사람이 복도를 따라 걷다가 모퉁이를 세 번쯤 돌았을 무렵 얼굴만 보아서는 남자인지 여자인지 알기 어려운 늙은 의사 세 명이 문 앞에서 손짓하는데, 진여더러는 가만히 밖에서 대기하라며 임신부만 방으로 들어오라는 것이다. 진여는 자신이 물러나 있어야 하는 이유를 알고 그것이 타당하다고 여긴다. 자신은 그 여인의 가족도 아니고 그처럼 중요한 진료 행위에 동석해도 좋을 만큼 친하지 않으며 간신히 원수나 면한 정도로 짐작되는 사이인 것이다. 그러나 철저하게 보호받아야 마땅한, 아무리 태아 중심의 진료과라지만 여성의 지극히 사적인 영역에 해당하는 신체 부위를 진찰하는 진료 행위에, 하나같이 주름 잡힌 얼굴의 의사 세 명이 함께한다는 것이 진여는 경황없는 중에도 마뜩지 않다. 그들은 눈과 이가 한 세트밖에 없어서 셋이 번갈아 써야만 할 것처럼 기이하게 생겼고—그리하여 세 명일 때 비로소 한 명의 의사로서 기능할 수 있는 게 아닐까—그중 누군가는 단발, 누군가는 쇼트커트, 누군가는 틀어 올리는 식으로 각자 서로 다른 머리 모양을 하고 있는데 어느 쪽이든 태어나면서부터 백발이었을 것만 같다. 보편적인 산부인과 진찰실에는 의사 한 명과 간호사 한 명이 있다. 두 명 이상의 의사가 참관하는 경우는 의대생들의 실습 교육 중이거나, 환자 신체의 주권을 일일이 따지기 어려울 만큼 초급한 조치가 필요한 응급실 내지 수술실 정도 아닐까. 당연히 산부인과에도 연세가 지긋한 의사들이 있을 테며 먼 옛날로부터 산파라는 이름과 그의 노릇을 생각하면 오히려 연세가 지긋함이 당연하겠으나 굳이 세 명이나 진찰실에 들어가는 이유를, 진여는 알 수 없다. 더욱 알지 못할 것은 출산을 위한 진료라고는 한 번도 받아본 적 없는 자신이 어떻게 이런 부분을 인지하고 있는가…… 같은 것이다. 이만큼 살아오고 웬만큼 나이 먹었으면 평소 병원 신세를 지지 않더라도 그 정도는 알게 되는 건가. 아니면 여인의 처지와 불안을 직면하고 같은 성별이라는 데에서 척수반사로 발생하는 동료애의 일종인가. 그 이전에 출산의 경험이 없다는 것은 사실인가 착각인가. 출산을 위한 진료를 한 번도 받지 않았다 하여 그것이 곧 출산한 적 없음과…… 무엇보다 임신한 적 없음과 같은 뜻이 되나. 진여는 이제 자신의 몸에 속해 있는 사실들, 자신의 몸을 훑고 지나간 역사들에 대해 확언할 수 없다. 한참을 닫힌 문 앞에서 기다리다가, 진료 대기실 앞에 있게 마련인 간호사 데스크가 눈에 띄지 않을뿐더러 다른 기다리는 환자도 없으니 마침내 다가가 노크를 해본다. 대답이 돌아오지 않아 예의나 상식을 개의치 않고 문손잡이를 좌우로 수차례 돌려보지만 문은 잠겨 있다. 무슨 진료를 하는데 문을 잠그지. 아이가 숨을 쉬지 않는다던 여인의 목소리가 이토록 선명히 남아 있는데, 혹시 정말로 안에서 무슨 사고라도 나서 그걸 은폐하려는 시도가 벌어지는 중은 아닐까. 그래서 의사는 세 명이 있는 것이다. 한 명은 생명의 실을 자아내고, 한 명은 그것을 실패에 감고 나머지 한 명은 그것을…… 손잡이를 비틀었던 손바닥을 내려다보니 회색 먼지가 묻어 날린다. 이 건물이 만들어지고 난 뒤로 단 한 번도 그 문이 열려본 적 없다는 듯이. 혹은 애초에 이 건물은 지어진 적도 없으며 여기 보이는 문은 허상이라는 듯이. 그런데 아까 여인은 마치 배가 부른 그 상태를 스스로 중단하고 싶기나 한 것처럼, 아이가 숨을 쉬지 않으니 도와달라는 말을 한 적 없다는 사실을 진여는 새삼 떠올린다. 그녀를 목적지까지 데려다준 이상 해야 할 일은 끝났으므로 더는 의리를 지키지 않고 진여는 진료실 문 앞을 떠난다.

걸어갔던 길과 모퉁이를 그대로 짚어서 나오니 진료실 안내를 해준 보안 요원은 없고, 조금 전만 해도 눈에 띄지 않았던 안내 데스크가 있다. 시선이 마주치자 데스크 근무자는 일어나서 살펴 가시라고 인사를 하는데, 진여는 고개를 마주 숙이면서도 그 데스크에 놓인 과일 바구니에 신경이 쓰인다. 요즘은 이렇게 실용적이지 않은 모양의 바구니가 유행인가, 아니면 이곳은 아까 떠나온 바로 그 병원과 동일한 곳이어서 그새 직원 중 누군가가 쏟아진 과일 바구니를 수습했는지도 모르겠지만, 역시 세워놓기보다는 뉘어놓아야 마땅하게 생긴 뿔과 같은 형태의 바구니에 과일이 넘치도록 담겼는데, 바구니 색도 아까 본 것과 다름은 둘째 치고 그 안의 사과며 자두, 포도 들이 모두 시들고 부패하여 검은빛을 띠고 있다. 차라리 핏빛으로 착각했던 게 나은 것 같고, 진여는 그것들이 살아 흘러내릴까 주시하면서 뒷걸음질하다가 곧 뒤돌아 정문을 향해 달린다.

육중한 정문을 바깥으로 밀어젖히자 다시 야외가 나오

고, 이번에는 여인을 마주쳤던 거리와 닮은 듯싶지만 실은 전혀 다른 곳임을 알 수 있는데, 차들의 경적이나마 울리고 도로와 보도가 구분된 곳이 아니라, 거리라고 부르기도 민망하고 오솔길보다 조금 더 넓은 정도의 길이 이어져서다. 아까보다는 자연 친화적인 느낌이지만 길섶에 나무 한 그루 풀 한 포기 보이지 않고, 누가 기다란 포단을 깔아놓은 듯 깨끗한 아이보리색의 길만이 펼쳐져 있으며 하늘과 맞닿은 수평선의 끝이 보이지 않는다. 펼쳐진 길을 밟아 나가기는 어려운 일이 아니므로 진여는 걷는다. 문득 그 장소와 다소 어울리지 않으나 어디선가 붙어왔는지 한 마리의 풍뎅이가 앞서 날아가는 모양을 따라 아까처럼 한 발씩 천천히, 결코 닿지 않을 수평선의 끝을 보고야 말 것처럼 내딛는데 얼마쯤 걷자 저만치 갈림길이 있는 곳에 선 한 여인이 보인다. 세 명의 그라이아이 또는 모이라이를 따라 문 건너편으로 사라져간 그녀가 어느새 진료를 마치고 먼저 나와서 걸어가는 중일까 싶은데, 진여가 다가갈수록 모습이 선명해지는 것으로 보아 여인은 움직이지 않고 그 자리에 서 있는 듯하다. 언제 거기까지 갔나요? 진여는 여인이 살아 있는 인간이라는 생각이 들지 않아서, 떨리는 어깨를 진정시키기 위해 일부러 목청껏 말을 붙여본다. 몸은 이제 괜찮아요? 회사는 어떻게 했어요? 사람들이 저 없는 거 알아요?

돌아오는 대답이 없는 것도 무리는 아니다. 이 목소리가 들릴 만큼 여인과의 거리가 가깝지 않은 것이다. 그보다도 부서가 서로 다르지 않았나. 아니, 같았던가. 그들의 부재는 누구에게 어디까지 공유되고 있을까. 진여는 하는 수 없이, 그보다는 어딘가로 가려면 그 갈림길을 지나치지 않을 수 없었으므로 어느덧 다가가서 확인해보는데, 얼굴은 바로 그녀인 듯하지만 아까처럼 배가 나오지 않았고 심지어 한 명도 아닌, 모두 같은 얼굴을 한 세 명의 여인이 갈림길에 서서 서로 다른 방향을 바라보고 있다. 그녀/들이 등을 마주 대어서 삼각형을 이룬다. 세 명이면서 한 명인 존재가, 어느 쪽으로도 나아가지 않고 그렇다고 고개 돌려 진여를 바라보지도 않으며 저마다 앞에 놓인 길만을 응시하는 모습이 청동에 새긴 부조를 떠올리게 하는데, 각각의 시선이 뻗어가는 길 앞에 펼쳐진 것은 무엇인지 보이지 않고 진여는 그중 어디로 한 발을 내밀어야 할지 알지 못하나 그 얼굴들 가운데 누구도 충고의 입을 열지 않는다. 한 얼굴은 진여와 마주한 방향이어서, 만일 그 눈이 멀리 보는 시선을 따라갈 것 같으면, 지금까지 온 길로 되돌아가야 한다. 뒤돌아보니 지금껏 등지고 걸어온 자리에는 길이 끊어진 것 같지는 않으나 흰 안개가 식별 가능한 모든 사물을 가리고 있다. 거의 감지되지 않는 부피와 밀도를 지닌 산들바람이 진여의 덜미를 잡아채어 땅에 처박는다. 옆얼굴을 바닥에 묻고, 뺨 아래에서 뒤척이는 흙이 입속으로 밀려들어와 미뢰를 고소하게 자극하는 것을 느끼며, 진여는 등딱지에 황금빛이 감도는 풍뎅이가 어디론가 날아오르는 모습을 올려다본다.

세상 모든 이름을 잊고/떠올리고/떠오른 것의 사실 여부를 알지 못하고, 세상 모든 얼굴을 잊으며/그려보며/고착되지 않은 흐리마리한 형태로나마 부각시키며, 세상 모든 일이 고정도 규정도 없이 하루하루 달라 보여 혼란스러운 중에도 진여는 자신의 이름만은 잊은 적 없다. 어쩌면 잊은 적 있을지도, 잊은 적 있는 정도가 아니라 꿈 증상과 함께 수시로 생기는 일인지도, 그 잊음이 꿈에서 생긴 일인지 현실에서 그러했는지, 아니면 꿈이 압도한 현실에서 혹은 현실이 개입한 꿈에서였는지, 꿈과 현실만큼이나 잊음의 경험 자체도 뒤섞여 무슨 행위가 어떤 장소와 시간에 혼융되어 있었는지도 불분명하지만 그 잊음의 경험이 진여에게 남아 있지 않은 것일지도. 그러나 최소한 지금 여기 있는 진여는 자기 얼굴은 몰라도 이름만은 안다. 지금은 비록 어제보다 10년은 더 나이를 먹은 듯싶고 어제가 있기는 있었는지 어제라는 개념이 무엇인지 희미하더라도 진여라는 이름만큼은 선명하다. 가끔 그 글자마저 낯설어지거나 탁해진다면, 탁하다는 것을 스스로는 지각하지 못할 수도 있지만, 어떻게든 생활의 영위를 위해 증거로 제시해야 할 때는 손바닥을 펼쳐 보이고서 육안으로 보이지 않는 코드화된 신분증을 인식기에 통과시키면 그만일 텐데, 아직까지 그래야만 했던 적은 없는…… 모르겠는 걸로 보아 진여는 진여가 맞다. 또 한편 자신의 존재가 타인의 유무 및 타인과의 관계에 따라 상대적으로 규정되고 확립되는 거라면, 진여는 자기 외에 한 사람의 이름을 더 알고 있다. 증상이 시작된 뒤로—이제는 증상이 얼마나 오래도록 이어져왔는지 기록으로만 확인할 수 있을 뿐인데 최소 2년은 넘었을 것이다—동료나 임직원 들의 이름은 물론 회사 이름도 업종도 확신할 수 없는 처지에서 업무를 계속 진행하고 종료하기를 반복하는 것이 나날의 기적이나 다름없는데, 그런 일이 이 도시에서는 결코 적지 않은 사람들에게 발생하니 이제 더는 기적으로 부르기도 민망한 상황에서, 민생고와 무관한 한 사람의 이름을 진여는 기억한다. 지금의 자기 상태를 고려하면 놀랍게도, 어디서 어떻게 처음 만나게 되었는지도 안다.

무기는 시립도서관에서 열린 4주간의 인문학 특강 강사다. '꿈의 속삭임에 귀 기울이다'라는, 센스도 부족하며 도무지 뭘 말하고 싶은지 모르겠는데 감상적 상투적인 말들을 조합하여 있는 힘껏 간지러운 느낌을 내는 제목의 강좌가 자신의 증상 개선에 도움되는지 진여는 알 수 없지만, 무엇이든 하나라도 알아두는 게 앞으로의 삶에 나을 것 같고 공공도서관이라 수강료 부담도 거의 없는 한편 8주보다는 4주가 커리큘럼도 짧으니 매주 고정된 시간에 출석할 가능성이 높아서 신청했을 것이다. 여타의 강좌나 진료 때 진여는 자신이 그 자리에 있었다는 사실도 넷 중 한두 차례쯤 헛갈리거나 잊을 법한데, 무기의 강좌에 한해서는 매 순간 자신이 거기 참석했다는 사실을 안다. 그 기억이 어렴풋이 유지되기를 넘어 명백하다는 것은, 무기라는 강사의 특별함, 즉 자신과 무기가 지금 연인이라는 사실과 관계있을지 모른다. 아니다. 진여는 무기와 관계되고 무기를 둘러싼 모든 것에 대해서만은 알거나 기억한다고 알거나 기억하지만, 단 한 가지만은 알지도 기억하지도 못한다. 우리는 연인이 맞는가? 강좌라는 한정된 시간과 공간 밖으로 나와 따로 개인적인 약속을 하고 식사와 차를 하는 것으로? 어쩌면 그들은 잠자리를 가졌을 수도 있지만 그것은 진여의 의식에 남아 있지 않고, 산책 정도는 함께했을 법도 하지만 영화나 연극을 보러 가거나 볼링을 치러 가는 등 보편적인 관계를 형성할 때의 루트를 따른 적 없다. 아니다. 진여의 기준에서 그에 대한 애정이란 다만 건강한 사람에 대한 동경 내지 호감의 근삿값일 수도 있다. 진여는 자신이 이 증상과 살아가는 이상, 혹은 이것이 사라진 뒤로도—결코 사라지지 않을 거라고, 세상의 모든 이가 저마다 역치만 다를 뿐 이 증상과 살아왔을 것이며 앞으로도 그럴 거라는 생각이 들지만—'분명함'이란 자신과 인연이 부족한 낱말일 가능성을 염두에 두고 있다. 전복된 사태와 난파한 말들의 외곽선에 매달린 채 언제까지고 불명료, 불명확, 불분명, 부정형, 총체적인 불가지와 함께하는 것이다.

어쨌거나 꿈의 속삭임에 귀를 기울이라고 하니, 진여는 무기가 첫날 특강을 마치기 전 좌중을 둘러보았을 때, 발언의 적절성에 대해 의심하고 고민하면서도 한 손을 든 것이다. 꿈의 속삭임에 귀를 기울이면 좋긴 하겠지만, 지금 이 자리에도 저를 포함해서 속삭임은커녕 비명에 시달리다가 온 분들이 있지 싶은데 이 점은 어떻게 생각하시지요. 잠깐의 휴지기가 강의실에 찾아든다. 어떻게 해야 서로의 인격을 가능한 한 훼손하지 않을 수 있는지 가늠하며 단어를 고르는 시선들이 오간다. 어떤 이들은 혹시 발언자인 진여를 비롯하여 이 공간에 꿈 증상자가 많은지, 자신들도 그들에게 영향을 받는 거나 아닌지—'전염'이라고 표현하고 싶은 이들도 분명 있을 테지만 꿈의 바이러스가 검출되지 않은 이상 오해를 불러일으키거나 혐오를 조장할 만한 단어 사용을 자제하는 분위기다—우려하며 수군거리기도 한다. 진여의 발언에 동조하는 이들은, 꿈과 관련된 아무런 개인적 고통이나 외부 소란 없이 이런 강좌에 인문학적 흥미 본위로만 오는 사람들이 얼마나 되겠느냐고 말한다. 다른 한편에서는 바로 이 강좌야말로 순수한 호기심 단계에 해당하는 입문용임을 알려주는 제목을 취했을 뿐이라고 말하는데, 가령 옆 동네 문화센터의 10주짜리 '몽중설몽: 두려움 없이 나누는 꿈의 대화' 세미나는 주 2회 이상 악몽을 꾸는 사람들끼리 모여서 자신의 꿈을 이야기하고 타인의 꿈을 듣는 동안 내면에 잠든 트라우마를 극복하는 과정으로서, 이야기하여 밖으로 흘려버릴수록 악몽을 꾸는 횟수가 줄어들리라는 믿음에 근거하고 있으며, 강좌는 정신의학과 전공의가 맡아 진행한다고, 악몽 출현 빈도의 최저선을 매일이나 최소 격일도 아닌 주 2회로 잡는 이유는, 꿈 증상자의 경우 악몽의 내용을 기억하지 못하고 악몽의 감각만 남아 있는 사례가 많기에 그가 들려줄 만한 이야기가 없음을 인정하고 배려하기 위한 기준이라고, 개인적인 꿈 증상 때문에 고민이라면 좀더 본격적인 치유 목적의 강좌를 본인 취향에 맞게 찾아가면 될 일이라고 한다. 이에 진여는 다만 농담하자고 잡는 트집이 아니며, 속삭임이란 꿈 증상을 앓는 사람들에게 얼마나 나이브하고 한가로운 동사의 명사형인지, 이미 적지 않은 시민들이 겪는 고통을 생각하면 강좌 제목을 좀더 신중하게 뽑았어야 하는 게 아닌지 묻는다. 무기는 다음번에 특강 기회가 다시 주어진다면 도서관 측에 이 말랑말랑한 제목의 수정 여부에 대해 건의해보겠다고 말하고, 속삭임이 아닌 비명이나 절규를 제목으로 내걸었을 때 어떤 긍정적인 효과를 불러올지 검토하겠다고 약속한다. 이때 '긍정적인' 효과라는 말에 어폐가 있다고 여기거나 알레르기가 생긴다는 분들도 계실지 모릅니다만…… 무기는 도서관에서 시의 예산 지원을 받아 집행하는 공공 목적의 프로그램인 만큼 개개인의 선호도가 다르더라도 궁극적으로는 건설적이면서 미래지향적인 사고를 유도할 의무가 있다는 부연도 덧붙인다. 그런데 속삭임은 정말로 입속의 젤리나 연유 같기만 한가요. 무기는 돌아가는 길에 진여를 불러 세운다. 귓가를 스치고 눈꺼풀을 어루만지는 한 소절 음악인가요. 바위 틈새의 이끼에 닿는 바람 소리인가요. 햇살을 받아 증발하는 물방울의 단말마 같은 것인가요. 우리는 속삭임에 대해 고정관념을 가진 게 아닐까요. 무관계한 누구나 듣고 돌아볼 수 있는 외침보다는, 단 한 사람을 지목하여 그 귀에 입을 대고 흘리는 속삭임이야말로 당사자에게 더욱 중요하거나 치명적이지 않을까요. 진여는 자신이 제기한 이의를 그대로 돌려받는 것을 느끼고…… 아마 입가에 희미한 습소(濕笑)를 머금었을 것이다. 그것은 자리를 옮겨서 이야기를 더 이어가자는 뜻이 되나요? 진여가 꺼리지만 않는다면, 그러지 못할 이유는 없다. 무기는 의사도 상담가도 아니고 두 사람은 교수－학생 관계도 아니다. 무기는 첫 강연에서 자신을 자유 기고가이자 꿈 연구가라고만 겸손하게 소개했고, 흥미 본위로 남의 꿈을 풀어주거나 분석하는 행위를 가능한 한 자중하며, 순수 연구 목적으로 자신의 꿈과 타인의 꿈을 채집하고 기록하다가 그 사례집이 상당 분량으로 쌓여 대중에게 일부 선보였을 뿐, 제대로 된 상담이나 의료 관련 면허를 보유하지 않은 일종의 잡문가에 해당하는 자신이 이 자리에 서 있어도 되는지 모르겠다는 말로 모두를 열었었다. 진여는 차를 마시면서, 때때로 몸속에 침입하여 제 부피를 키우고 나아가 몸을 장악하는 소리들에 대해 털어놓는다. 꿈 증상 자체는, 이런 말을 하는 게 서글프지만 나름대로 익숙해졌다고 할 수도 있고 아직까지 큰 위험을 겪은 적은 없어요. 눈을 떠보니 어디 알지 못할 옥상 난간에 서 있다든지, 저도 모르는 사이에 벽돌이나 유리 조각을 쥐고 누군가를 해치는 등 치명적인 몽유증세로 간주되는 그런 일은 없었답니다. 이만한 경증이기가 행운이지요. 모든 꿈 증상자의 꿈이 완만한 곡선을 그리지는 않으니까요. 하지만 소리는, 정말이지 소리만은 적응이 안 돼요. 환청인 줄을 알면서도 어쨌든 들리니까 계속 들어야 하는 사람의 마음을 모르실 겁니다. 당신의 말마따나, 속삭임이라고 하여 결코 달콤하지도 부드럽지도 않습니다. 어떻게 그럴 수 있겠어요? 저도 그리 생각하지 않습니다만 강의실에서는 무증상자들이 이해할 수 있는 수준으로 둘러댔지요. 처음에는 새의 지저귐 내지 미온수에 각설탕이 녹아가는 정도의 소리로 들려서, 곧 다가올 팽창과 파열을 모르는 채로 거기 몸을 맡깁니다. 작열하던 의혹과 분노가 절망으로 작렬하는 소음이 될 때까지. 그건 평범한 악몽 속에서—악몽에 붙는 평범한,이라는 형용사가 적절한가 싶지만 그러려니 하세요, 그러고 보니 평범한 악몽이라는 걸 꾸어본 적이 언제인지 기억나지 않는군요, 무언가 나를 나쁘게, 최소한 불길하게 치고 지나갔다는 감각만은 남아 있지만 눈 뜨고 나면 단 한 장면의 파편도 주워 올릴 수 없었습니다—듣곤 하는, 저주 원한 추격 사고 전쟁 테러 같은 현장에서 빈발하는 비명과는 차원이 달라요. 처음에는 낮고 작은 소리가 한 음절씩 제 머리카락을 건드리며 쓸어 넘깁니다. 그것은 인사 같기도 하고 중얼거림 같기도 하여 저는 방심합니다. 소리가 내 몸을 노크하고 몸속에 스며들어오는 것을 방기합니다. 그럴 수밖에 없는 것이, 오래도록 꿈 증상에 시달린 몸에 남은 거라고 해보았자 실체 없는 환영, 그것도 대개는 황무지에 가까운 광경만이 펼쳐져 있을 테니 거기에 누군가의 목소리 하나둘쯤 더 보탠다고 무엇이 달라질까요. 그리하여 한번 방사된 소리들은 내 몸속에서 광선이 되어 흐릅니다. 혈관을 따라 유동하는 대로 얇디얇은 피부에 소리의 궤적이 선명하게 불거져 보이며, 마침내 소리가 내 몸을 빛나게 합니다. 어쩐지 그건 내가 입 밖으로 발설한 적 없는 말들의 메아리처럼도 들리고, 오랜 기도 끝에 주어진 신의 아주 작은 기침으로도 들립니다. 때로 그것은 최소한의 발음마저 잃고 음조로만 들려오기도 해서 나는 소리의 출처를 찾아 주위를 둘러보기도 하는데, 내 눈 닿은 곳에는 청부(淸夫) 한상자(韓湘子)를 떠올리게 하는 연주자가 서 있습니다. 이 피리꾼이 자신의 악기를 입술에 가로로 대고 알지 못할 곡조를 붑니다. 그가 하는 일은 소리로써 한겨울의 목련을 피워 올리는 게 아니라 악기로 우주를 채집하여 조금씩 방생하는 것입니다. 연주자의 손가락이 움직여 곡조를 생성할 때마다, 그가 열어놓은 구멍을 통해 검은 우주가 새어 나옵니다. 암흑 이외의 다른 요소가 보이지 않는데 그게 그림자나 연기가 아닌 우주라는 걸 어떻게 아느냐고요? 그냥 느낌으로 알 수 있어요. 보통 우리가 현실에서는 소리를 움켜쥔다는 발상을 잘 안 하고 젊은이여 내일을 잡아라, 같은 낯간지러운 충고와 구태의연한 비유를 할 때나 쓰는데, 나는 그 소리가 원재료의 성분과 형태를 갖추기라도 한 것처럼 진지하게 움켜쥐려고, 최소한 만져보려고 팔을 뻗어봅니다. 그런데 몇 걸음 다가서지 않고도 어느 순간 연주자와 눈이 마주치고, 이때부터 고요를 품고 나의 온몸을 순환하던 소리가 점점 음산해지고 민첩성을 띠기 시작합니다. 봉인이 풀린 듯 데시벨이 높아지고 주파수는 날뛰며, 사물에 닿아 진동할 틈을 주지 않고 아귀의 몸짓으로 공기를 삼킵니다. 우레에 몸을 던지고 부서진 소리가 눈앞에 분말처럼 떨어져 내립니다. 울음과 외침의 옥타브가 높아집니다. 얼음을 부수고 갈아내는 쇄빙선을 닮은 소리, 화염에 달구어지고 연마되는 소리, 누가 분명 나를 부르고 그것이 내 이름인 것 같은데도 수차례 반복 끝에 음절이 변하다가 어느덧 다른 이를 지시하고 호명하는 소리, 너무 많은, 거의 모든 의미를 담는 바람에 무의미가 된 소음이 나를 압박하여, 나는 울림통이 점점 줄어들다 이윽고 나 자체가 간헐적 신음을 거쳐 한 덩어리의 침묵으로 남게 됩니다.

음률과 패턴을 밝혀낼 수 있는 속삭임이었다면, 당신의 말대로 나는 귀를 기울여서 그 소리가 내게 무엇을 말하고자 하는지 알아내는 작업을 시작해야 할 것입니다. 그렇지 않은가요? 남의 꿈을 분석하는 이들이 했던 일들이 대개 그런 것 아닌가요? 그러면서 허구한 날 히스테리며 억압당한 성적 욕망과 에너지를 들먹이고, 아니마랑 아니무스를 찾아대며, 상징이니 영성이니 개성화 과정이니 전인격의 그림자 같은 것들을 주워 붙이는 게 아닌가요. 제가 그런 전일성과 자기실현을 주제로 하는 센터엔들 안 가보았을까요. 아니, 확실하게 가보았다는 의미로 드리는 얘기는 아니에요. 당신은 꿈에 대해 강의하니 본인이 그런 증상을 겪지 않더라도 대강 실정을 들어서 아시겠지만, 저와 같은 사람들은 꿈과 현실 양쪽에 발을 하나씩 걸쳐두고 있어서, 만약 센터에 갔고 거기서 무의식과 의식의 통합이나 자신에 대한 이해 탐구와 자각을 거쳐 궁극적으로 삶을 충실하게 가꾸는 교육을 받은 게 사실이더라도, 그곳에 정말 갔는지를 단언하기가 조심스럽습니다. 아마 처음에는 정신의학과와 신경과를 모두 갖춘…… 규모가 큰 종합병원에 갔을 겁니다. 그래야 너무 여러 군데로 차트를 돌리지 않고서도 내 어디가 잘못됐는지를 밝혀낼 수 있으리라는 생각에. 영수증과…… 보험 내역서와 진료과를 수차례 옮겨 다닌 기록이 남아 있으니 병원에 방문한 것만은 아마도 사실일 거라고…… 그런데 그 영수증에 기입된 숫자나 기록 들이 무결정적이고 임시적이어서, 내가 돌아서자마자 사라지는 것일지 어떻게 알겠어요? 화면을 터치하고 데이터를 불러올 때마다—어떻게 나는 아직도 스크린 터치라는, 인체의 전기 신호를 이용하여 필요한 데이터를 취한다는 이 기초적인 생활 동작과 원리를 잊어버리지 않은 걸까요? 눈을 뜨는 행위로써 삭제 가능한 그 어떤 일이 눈앞에서 일어나더라도, 이 단순한 터치의 동작만은 꿈이나 기억의 박편이 아닌 명백한 현실이라는 뜻일까요? 터치야말로 확실, 확신, 확연, 명징, 선명, 명료, 이런 단어를 더 이상 쓰기 어려운 내가 보유한 단 하나의 실재라고 해도 좋을까요—떠오르는 숫자와 기록과 대화 내역 따위를 내 눈으로 보고서도, 그럴 때마다 내가 꿈 증상에 접속한 상태가 아니라는 것을, 숫자와 기록의 내용이 전날 본 것과 동일하며 지속적으로 유효한 증거라는 사실을 어떻게 믿을 수 있겠어요? 아무튼 상담 센터에서 어떤 이야기들을 나누는지 대강의 윤곽을 인지하고 있다는 점에서, 거기다 나도 할 수 있는 건 뭐든 해본다고 이렇게 강좌를 신청했을 정도면, 그런 센터는 좀더 치료 목적이 분명하니 진작 다녀오지 않았을까 추론하는 겁니다. 나를 둘러싼 모든 것이 이토록 미정이거나 미확인인데, 망각과 무의미와 불연속만이 내 편인 상태로, 어떻게 내가 겪은 꿈 증상에서 고유의 패턴이나 상징 이미지를 발견하고 그것에 의미를 부여해서 나 자신의 증상 개선에 적용시킬 수 있겠어요? 내가 여기 존재한다는 것만을 믿어야 하게 되어버린 사람에게 있어서, 꿈의 속삭임이 보편의 속삭임과 어떻게 닮을 수 있나요? 그것은 몸을 움직일 때마다 현실의 고리에 맺어두었던 매듭이 풀리는 소리인걸요. 그런 소리를 들으면서 무의식의 복권을 도모하고, 꿈이 나와 어떤 형태의 교신을 하기 원하는지를 읽어낼 수 있나요? 일단 지금 당신과 마주 앉아 있는 이 자리부터가 꿈 증상의 일부가 아니라고 확언할 수 있을까요? 그 어느 쪽으로도 단정하지 않기 위해 나는 늘 의심하며 조심합니다. 섣부른 판단을 내리지 않고 대상과 사태를 응시합니다. 그것이 내게 주어진 현실임을 믿을 수 있을 때까지, 몽환과 각성 사이에서 자신의 좌푯값을 읽어내려는 노력을 그치지 않습니다. 그렇게 조심하라고, 꿈의 불씨가 현실을 전소시키게 놓아두지 말라고, 그리하여 계속 어긋나지 않는 톱니바퀴가 되어 움직이라고, 이 몽매의 도시에서 결정권자와 미디어 들은 대시민 홍보에 여념이 없습니다. 이제 나는 조심하는 게 지긋지긋합니다. 조심이라는 게 뭘까요? 개개인이 신경 쓰고 마음을 다잡는 것이 정말로 이 현상을 타개하는 데 필요한 전부일까요? 정도가 심각한 꿈 증상으로 다치고 죽어간 사람들은 충분히 조심하지 않아서 그렇게 됐을까요? 아무리 조심하더라도 인간은 태어난 이상 상처받고 망가지게 마련인데 말입니다. 잠이 휴식이 되지 못하고 꿈이 일상의 영토를 침삭(侵削)하는데 무슨 노력을 기울여야 이를 막을 수 있다는 걸까요? 하나 더, 궁극적으로 우리는 무엇을 조심해야 하나요? 형태를 갖춘 외부의 침입자는 몸에 밴 경계심 덕에 식별할 수 있지만 정말로 조심해야 할 것은 자기의 마음에서 유출되는데, 마음을 조심하고서 어떻게 마음의 본질을 들여다볼 수 있지요? 토로인지 질문인지 알기 어렵고 점차 취음(醉吟)에 가까워지는 진여의 음성은, 두 사람의 테이블을 데우고 채우는 차 향기와 뒤섞여 허공에서 헛돌다 흘러내린다. 몸에서 허물처럼 벗겨진 말들이 바싹 말라간다. 그 어떤 형태도 남지 않을 때까지 몇 겹의 허물이 떨어져 내리더라도, 그래서?라는 말에는 답할 수 없다. 그래서 어쩌자는 말인가? 그래서 어쩌고 싶은가? 그래서 요지가 무엇인가? 진여는 인과율을 기반으로 한, 정답이자 즉답 내지 최선의 대안이 미덕이 되는 시대를 살고 있지만 거기에 호응할 수 없다. 이 세계에서는 그래서 그들은 오래도록 행복하게 살았습니다, 라는 후일담이 가장 가치를 인정받는다. 실제로 오래도록 행복하게 산 사람 따위 하나도 없더라도.

단지 마주 앉았을 뿐인 무기는 무슨 죄로 이 난사(亂辭)의 난사(亂射)를 견뎌야 하는가. 자신의 우원증(迂遠症)이 그를 너무 오래 붙들어놓았다는 패착감을 견디지 못하고, 이제 일어나보겠다는 진여의 눈앞으로, 대리석 위를 미끄러지는 실크 조각처럼 디밀어지는 명함 한 장. 거기 무기의 이름이 적혀 있다. 드림 컨스트럭터, 드림 오거나이저, 드림 컨설턴트, 드림 드라이버, 드림 컨덕터, 드림 체이서, 드림 워커, 드림 텔러, 드림 셀러, 드림 시커, 드림 디거, 드림 키퍼 등등 뭔가 갖다 붙일 수 있는 단어의 수만큼 많은 꿈 관련 직업 종사자들의 명함 가운데 하나로 보인다. 그러나 이 말들의 대부분은 진여가 속해 있는 세계에서 주로 꿈의 두번째 의미인 미래 전망, 장래 희망을 테마로 달고 청년들을 대상으로 한 취업 박람회 현장에서 쓰인다. 이 명함은 잘 안 드리는 건데, 혹시 필요하면 전화 주시고 들러주세요. 저와 함께 가도 좋고요. 밀어놓은 명함 끝에서 무기의 손가락이 천천히 떨어진다. 아무에게나 함부로 안 드리는 것이고 당신에게만 특별히, 같은 뉘앙스를 풍기는 사람은 일단 조심하고 보아야 한다는 기본적인 경계심 이전에, 드림 피스메이커라니 뭐 하는 일인가…… 피스메이커라니, 꿈이 전쟁인가? 적어도 진여의 세계에서는 전쟁인 것 같기는 하다. 가령 드림 컨트롤러라고 한다면 그 역할을 예상하기 어렵지 않다.

이를테면 한때 관심을 가져보기도 했으나 실패로 돌아갔을 것으로 짐작되는 루시드 드림의 훈련 과정 자체를 가리켜 드림 컨트롤이라고 했(던 것 같)고, 이 요령을 지도하는 사람 또는 이 행위에 높은 수준으로 도달하고 성취를 보이는 사람을 가리켜 드림 컨트롤러라고 했(을 것이)다. 그런데 무기의 명함에 적힌 건 드림 피스메이커. 꿈의 템포와 전체적인 질감을 조율해주는 건가. 꿈과 현실 사이의 난투를 중재해주기라도 하나. 진여는 이제 와서 자신의 꿈을 조절하거나 통제할 수 있다는 기대는 하지 않는다. 자각몽이든 호접몽이든 뭐가 됐든 그것을 이용하여 자신의 삶에 활력을 부여하는 것보다, 보통의 인체가 왕성하게 활동해야 마땅한 시간대의 현실이 꿈에 짓눌려 부서지지 않고 유지되는 정도만을 바란다…… 그 최소한의 삶을…… 다짐처럼 반복하면서도 진여는 자신의 진짜 바람은 그런 게 아니라는 것을, 그런 건 다만 이 도시가 시민들에게 권장하는 사항이자 부과하는 의무에 지나지 않음을 어렴풋이 안다. 꿈을 가지고 꿈을 이루기 위해 노력하되 한편으론 꿈에서 적극적으로 깨어나고 미몽이 지속되도록 놓아두지 말라는 사회의 주입과 제안에 대부분의 사람은 화답하고 길들여진 것이며, 진여 역시 자신이 납세의 의무를 이행하는 충실한 시민이라면 도시에서 요청하는 공동선의 호출에 응해야 마땅하다고 여기는 동안 어느새 그걸 자신의 바람과 동일 선상에 둔 것이다. 진여가 궁극적으로 바라는 것은 꿈과 현실 사이에 엉킨 몇 가닥의 실을 깨끗이 끊어냄으로써 건강한 삶을 되찾는다는—보편의 사람과 사회가 적시하는 궁극이란 바로 이 지점에 있을 것이나—유익한 종류가 아니다. 고맙습니다만 소용없을 거예요. 저는 이런 비슷한 일들을 몇 차례 시도해봤을 겁니다. 아마 금방 회의가 찾아오거나 제가 원래의 목적을 잊어버리거나 해서 도중하차했을 테지만요. 그러면서도 진여는 그것을 쥐지 않으면 눈앞에서 그 이름도, 무기의 모습도 사라질 것만 같아 손을 뻗어 명함을 집는다. 들어 올린 명함의 매끄러운 표면은 빛이 닿아 흘러내리는 각도에 따라 색이 변한다. 뭔가 전극 같은 걸 이마에 주렁주렁 꽂나요? 부피가 큰 장비를 이용하는 건 아무래도 부담스러워서요. 무기는 잠깐 생각 또는 주저하는 눈치였다가 대답한다. 상황에 따라 모자나 머리띠 정도는 쓸 겁니다. 하지만 불편하지는 않을 거라고 약속할 수도 있습니다. 진여는 진지하게 제안해주는 무기에게 성의를 보이기 위해 비교적 쾌활한 태도를 견지하고 묻는다. 직관적으로 보자면 내 꿈의 속도를, 혹은 꿈의 내용을 당신이 조절해서 현실과 싸우지 않게 도와준다는 뜻이 되겠는데요, 그 일은 영화에서 보는 것처럼 뭔가 주사나 약물 복용을 통해서인가요? 일단 약에는 장비만큼의 저항감은 없습니다. 나는 내가 아는 한 아나필락시스를 겪은 적 없고, 어린이들의 체격 발달과 면역력 증진을 목적으로 하는 각종 영양제를 포함하면 현대인 중에서 매일같이 뭐라도 투약하지 않고 살아가는 사람들을 찾기가 더 어려울 테니까요. 약은 그저 일상의 일부일 따름이지요. 일단 비주얼부터가, 이런저런 장비와는 달리 눈에 띄지도 거추장스럽지도 않고요. 진여는 만지작거리던 명함을 주머니에 넣는다. 시간 끌 거 없이 지금부터 당신의 사무실에 함께 가도 좋습니다. 무기는 반기는 기색이나 꺼림칙한 태도 어느 쪽도 아닌 건조하고도 심상한 표정으로 대답한다. 당신이 알고 싶다면요. 어렵지 않습니다. 진여가 알고자 한다면. ~~진여의 현실에 출몰하는 신음과 소음과 넋두리가 사라지기를 바란다면~~. 고개를 드는 진심이 자연스럽게 뒤의 문장에 취소선을 긋는다. 현실을 어떻게 바꾸기 위해서가 아니라, 다만 알고자 한다면. 진여의 바람은 이 꿈들이 들려주는 날카로운 속삭임의 의미를 해석하고 그 속삭임이 반영하거나 상징하는 현실의 문제를 해결하는 게 아니다. 진여는 이 모든 것이 근본적으로 무엇을 가리키는지 왜 자신에게 일어나는지, 얼마나 위험한지가 아니라 이 모든 것이 다만 무엇인지를, 무해하고도 비의도적인 어린이의 마음으로 알기 원한다. 무엇인지를 알아내는 자리에 난입하는 각종 정보로 인해 무엇인지에 그치지 않고 무엇을 말하는지, 피치 못하게 의미 파악이라는 과정이 동석할 수는 있겠지만 그게 진여에게 필수나 궁극은 아닌 것이다. 진여는 주머니 속 명함을 움켜쥐고 고개를 돌려 창밖을 내다본다. 전면 창이고, 한밤중이며, 유리의 특성과 실내조명이 만나 창에는 진여의 모습이 비쳐야 한다. 그러나 진여의 희붐한 윤곽선도 비치지 않은 창밖에는 무한한 야경만이 펼쳐져 있다. 자신의 뺨을 꼬집어…… 일상의 루틴으로 돌아와 안정적이고 실용적인 생활을…… 방송에서 연예인인지 해당 분야 전문가인지 모르겠는 패널들이 당부한 것을 실행에 옮기는 대신 진여는 고개를 돌려 무기를 바라본다. 눈을 조금 옆으로 옮겨, 무기가 앉은 자리의 전면 창에는 무기의 모습이……

무기를 향해 손을 내미는 대신 주머니 속에서 꽉 쥔 손 안의 명함은 무슨 티타늄 합금으로라도 만들었는지 구겨지기는커녕 반으로 접히지도 않는다. 눈앞에 놓인 현실이 손안의 명함 정도로 단단하고 실내를 적시는 음악과 같이 아름다운데, 단지 눈꺼풀을 감는 것만으로 진여는 현실과 차단된다. 접질린 발목 같은 말들이 입속에서 비틀거리다 밖으로 흘러나오지 않도록, 비일상과 비상식이 이 순간을 훼손하지 못하도록 진여는 눈을 부릅뜨고 미소 지으며 있는 힘껏 눈앞의 사람을 마주 응시한다.

두 사람이 카페테리아를 나와 이면도로에 섰을 때, 무기는 말한다. 차를 가져올게요. 여기서 기다려주시면 됩니다. 명멸하는 가로등이 어둠과 관계를 맺는 방식을 망연히 올려다보던 진여는, 돌아서려는 무기의 팔을 자기도 모르게 붙든다. 당신을 두고 어디 가지 않습니다. 아니면 주차장까지 함께 가시겠습니까? 진여는 무기의 팔을 놓아준다. 실례했어요. 아무것도 아니에요. 다녀오세요. 무기의 모습이 건물 모퉁이를 돌아 사라진 다음 진여는 가방을 연다. 작은 상비약 상자의 뚜껑이 열렸는지 초록 회색 노랑 캡슐이 가방 안에 어지럽게 흩어졌고 일부는 찌그러져 있다. 그걸 들여다보자 진여는 비로소 자신이 가방을 연 이유가 약을 먹기 위해서였음을 알게 된다. 무슨 약인지는 더 이상 중요하지 않다. 현대인의 몸은 약으로 이루어져 있으며, 거기 영혼이 원 플러스 원 떨이 묶음 상품처럼 들러붙어 있다. 약을 삼키려면 편의점에서 물통을 하나 사야 한다. 뿐만 아니라 캡슐이 여기저기 찌그러지고 내용물이 흘러나온 것도 있으니 약국에도 가는 게 좋겠다. 진여는 무기가 돌아간 모퉁이를 그대로 따라 돌고, 직진을 하고 두 번 더 모퉁이를 돌아 4차선 횡단보도를 하나 건너 아케이드로 들어선다. 조명이 밝혀진 매장이 드문드문 눈에 띌 뿐 영업을 종료할 시간인 건지 대다수가 폐업을 했는지 모르게 아케이드는 전체적으로 어둡고 을씨년스러운데, 그중 십자가 그려진 돌출형 LED 간판이 불티가 튀는 소리를 내며 깜박이는 것을 보고 진여는 그리로 다가간다. 문을 열고 고개만 들이밀었을 때, 미동도 않고 정자세로 카운터 너머에 앉아 있는 약사가 보인다. 전시장에 비치된 마네킹 내지는 시뮬레이션 게임 속에서 마을 주민 A라는 이름만 주어진 NPC와도 같은 인공적인 무표정과 자세, 무언가를 바라보지 않으면서 정면을 향한 시선은 눈을 뜬 채로 잠들어 있는 것 같기도 하지만, 약사 또한 가벼운 감기 수준의 꿈 증상에 접속한 상태일지 모르니 그 모습을 기이하게 여겨서는 안 된다. 이때 약사의 무표정보다 더 눈에 띄는 것은 의도를 알기 힘든 헤어스타일로, 어깨 아래로 내려오는 세미 롱 헤어가 케라틴이 함유된 섬유질로 이루어져 있는 게 아니라 한눈에 보기에도 별다른 미감 없이 수상한 질감의 잡동사니들을 끈으로 삼아 땋아져 있다. 어느 영화의 주인공을 코스프레한 걸까 생각하며 실내로 들어선 진여는 자신이 맞는 곳을 찾아왔는지 확인하기 위해 손 닿는 곳에 진열된 상품들을 둘러본다. 물파스, 마스크, 영양제, 반창고. 가까이 다가가니 뭐가 뭔지 모르겠던 머리의 세부가 좀더 자세히 들여다보이는데, 보통의 머리카락에 무언가를 덧대고 붙이고 엮어 넣은 게 아니라 그것들이 애초에 두피로부터 솟아 나온 것들처럼 단단히 뿌리를 내리고 있다. 여러 가지 색깔의 캡슐과 태블릿, 분말, 딸기향 시럽 같은 것들이 뒤섞인 머리는 마치 약이 열리는 나무라도 되는 것처럼 거기 가만히 있고, 무슨 콘셉트를 잡고 이런 모습을 고수하는지 몰라도 사람 머리가 이 정도인 걸 보면 여기는 약국이 맞긴 맞는 모양이니—약국에 어울리지 않는 회색 또는 담갈색 담배가 드문드문 여러 개비 섞여 역시 머리카락의 일부를 이루고 있는데 진여는 이제 와 그런 건 개의치 않기로 한다—뭐라도 구입을 해야겠는데, 평소 복용하던 약의 이름이 혀끝에서 맴돌기만 할 뿐 입술 밖으로 구현되지 않고, 아까만 해도 미뢰 하나하나에 새겨졌을 만큼 진했던 차의 맛이 기억나지 않고, 진여의 입에서는 대신 이런 질문이 튀어나온다. 혹시…… 드림 피스 메이커라고 아세요? 손님이 들어와서 실내를 찬찬히 둘러보는 동안에도 한마디 말 없이 눈 한 번 깜박이기를 아꼈던 약사는, 진여의 물음에 돌연 큐 사인을 받은 배우처럼 얼굴에 미소가 돌고 몸에는 제스처도 생긴다. 물론이죠. 요즘 유행하는 꿈 조작 서비스 가운데 하나를 실행하는 사람이잖아요. 펀드매니저 같은 거라고 보시면 돼요. 다루는 대상이 돈 아닌 꿈일 뿐이지요. 아로마나 명상 내지 최면 같은 전통

적이거나 심령적인 방식을 제공하는 업체는 지금까지도 흔했고 그만큼 사이비도 적지 않았는데, 법률이 허용하는 범위 내에서 약물 주입 또는 기계 장치로 타인의 꿈에 접속하는 방식은 가격 문제가 있어서 상용 단계라고 보기는 어렵지만 프리미엄이나 블랙 라벨에 민감하신 소비자들은 그런 곳들을 알음알음으로 잘 찾아 이용하고 계신걸요. 고전 영화에서나 봤던 아이디어들이 현실이 된 지 오래랍니다. 저도 가끔 다니는 연구실이 있어서 원하신다면 소개해드릴 수 있어요. 무허가 업체를 통한 경우가 아니라면 정상적인 장비 사용으로 인해 아직까지 알려진 후유증이나 부작용은 없으니 안심하고 찾아가셔도 돼요. 기초 장비를 갖추는 데만 상당한 자본이 들다 보니까 약팔이들과는 다르게 무허가 업체가 난립하기도 쉽지 않고 웬만하면 믿을 만하답니다. 그러다가 약사는 고개를 기웃하며 뭔가 생각났다는 듯이 말한다. 아, 물론 아주 없다고 단정하기는 조금 무엇한가요. 꿈이 편안하고 꿈속에서는 자기가 원하는 모습이 되거나 갖고 싶은 것을 충족하고, 깨어나고 나면 자기가 아무것도 아니라는 현실에 적응을 못 하시는 분들이 아주 간혹…… 조건과 배경이 전혀 다른 자신의 삶을 꿈에 맞추려고 하다가 사달이 나는 이들이 가끔, 그 왜, 이미 사버린 곱지만 작은 옷에 자기 몸을 맞추려다가…… 프로크루스테스의 침대에 자기 다리 길이를 맞추려다가…… 그런 거 있잖아요. 그런데 그만한 걸 부작용이라고 한다면, 지금 우리가 살아 있는 것부터가 자연에는 총체적인 부작용이나 다름없는걸요. 그리고 사실 깨어난 다음의 신체 리듬이 전날과 달리 개운하다고 해서 자신이 직전까지 꾸었던 것이 반드시 희몽(喜夢)이라는 법은 없겠지요. 어쨌거나 꿈의 내용은 바로 그 꿈을 꾸면서 자기도 모르게 펜을 놀려 속기할 정도가 아니고서야, 깨어난 다음에는 보통 기억하지 못하잖아요? 진여는 건성으로 미소 지으며 고개를 끄덕이고, 입속에서 미끄러지기만 할 뿐 자음과 모음이 결합되지 않는 약의 이름을 끝내 말하지 못한 채 돌아서서 약국을 나온다. 인생에서 한 번, 그것이 비록 꿈속이더라도 명료함과 달콤함을 끌어안아본 사람이라면, 도래하는 불확실과 예약된 무미함 속에서 살아가기 어려워진다. 삶의 당도와 명도를 올리기 위해, 인슐린 부족으로 혼수상태에 빠질 때까지 밑도 끝도 없이 설탕을 퍼서 주둥이에 들이붓고, 눈이 멀 때까지 빛을 응시할 수밖에 없게 된다. 그렇다면 결국…… 꿈 증상을 그대로 앓으면서 사는 것과 큰 차이가 난다고 할 수…… 있나? 약국을 나선 다음에야 진여는 자신이 먹던 약이, 그 이름은 여전히 비탈진 언덕 아래로 굴리는 돌처럼 혀끝에서 미끄러지기만 하나, 최소한 의사 처방전이 반드시 필요한 전문의약품이라는 걸 떠올린다. 아케이드를 통과하고, 모퉁이를 돌고 돌고 직진하고 또 돌자 아까 건너온 것과는 다른 4차선 도로가 나오는데 차들이 소리 없는 경적을 울리며 질주하고 보행 신호등은 보이지 않는다. 아케이드는 옆으로 샐 만한 다른 통로가 없이 관통형 구조이므로 진여는 들어온 곳을 지나 그대로 나감으로써 원래의 약속 장소를 찾아갈 수 있어야 하는데, 그 짧은 사이에 거리는 재배열되어 있다. 지금 이 보도블록과 건물 들은 자신의 뒤틀린 인식이 반영된 것인지, 아까 지나쳐온 모퉁이와 도로는 현실이었는지 알 수 없는 동안 진여가 서서 무기를 기다렸어야 하는 자리, 원래의 자리로 돌아가지 못한다. 백 년 전의 조난자는 아직도 눈 덮인 산자락을 끼고 같은 자리를 맴돌 것이며 폭풍과 파도 속의 네덜란드인은 손에 쥔 키를 놓지 못한 채 방랑의 조타(操舵)를 반복할 것이고 영원한 사냥꾼[4]은 포획하지 못한 단 한 마리의 사슴을 찾아 550년간 숲을 헤맬 것이다. 단 한 걸음도 이동하지 않고, 약국 따위 찾지 말고 그대로 그 자리에 있었다면. 거기 서서 기다렸다고 하여 얼마 뒤에 확실하게 무기가 차를 몰고 나타나 당연한 몸짓으로 이면도로에 갖다 대어 약속을 지켰을지는 역시 알 수 없는 일이다. 원래의 자리라는 건 애당초 존재했을까? 그렇지 않은 것 같다는 판단과 함께, 그럼에도 불구하고 진여의 안에는 체념이나 혼란 대신 무기를 기다려야만 하는 원래 자리로 꼭 돌아가서 만나고야 말겠다는, 무기와 반드시 인연을 맺거나 어떻게든 되고 싶다는 염원보다는 무기가 꿈속의 인물도 벽 위의 그림도 의식이 빚어낸 착각도 아닌 현실임을 확인하겠다는 집념이 들어선다. 주머니에 넣은 손끝에는 여전히 티타늄 합금으로 된 사각의 명함 귀퉁이가 만져지지만, 그것을 꺼내어 확인하면 거기 아무것도 적혀 있지 않을 것만 같은 예감이 들어 진여는 그대로 헤엄친다. 걸어간다. 밀도 높은 공기 속을 헤엄치고 안개에 젖어 무거워진 몸으로 다음 발자국을 내딛는 템포가 점점 느려진다. 시야는 한 겹 유산지를 씌운 듯 부옇고 공기는 코와 입으로 빠져나오지 않은 채 폐 안에 머물고, 순환의 논리를 잃은 미립자들이 진여의 몸을 가리다가 어느덧 지워나갈 때,

괜찮아요.

진여는 어깨를 붙들린다.

괜찮아요?가 아니라 내가 여기 있고 괜찮아요, 하는 어조로. 무기의 손안에 몸이 들어가자 진여는 직전까지 주위에 펼쳐진 거리와 건물과 스쳐 지나가는 사람이나 자전거, 그것들을 일별하는 감각이 재구성되는 것을 느낀다. 진여는 어깨를 잡은 무기의 손에서 선명한 체온을 느끼기 위해 무기의 손등 위로 제 손을 포갠다. 피부 아래에서 혈관이 살짝

꿈틀거리는 것을 촉지하면서, 진여는 자신의 내부를 채운 이 마음과 가장 유사한 낱말을 찾기 위해 무기의 손등에 얹어놓은 손에 힘을 준다. 내가 여기 있는 걸…… 어떻게 알았어요? 어떻게 찾았어요? 무기는 한 손으로는 진여의 팔을 붙들고서 나머지 한 손으로 차 문을 열어준다. 당신은 계속 이 자리에 있었는걸요. 그 말로써 진여는, 아무리 눈을 부릅뜨고 둘러보아도 제게는 약국을 나온 뒤 헤매던 낯선 길가의 어딘가일 뿐이지만 무기에게는 아까 약속했던 이면도로 바로 그 자리임을 알게 된다. 각종 건강 교양 방송에서 주장했던 바에 따르면 무기가 어깨를 잡아 흔든 순간 진여는 정신을 차리고 원래의 자리로 돌아와 있어야 하고, 무기와 자신의 눈에 비치는 풍경이 동일해야 마땅한데, 둘의 공간 혹은 둘의 인식은 어디서부터 어긋나 있는지, 진여만의 것인 듯한 이 공간감은 출면기의 잔상으로부터 얼마쯤 지나 올바른 궤도를 찾아갈지, 아니면 눈앞에 나타나고 만져지기까지 하는 무기 자체가 여전히 일련의 꿈 증상의 연속인지, 애초에 도서관 강좌나 무기라는 존재부터가 꿈 증상의 일부인지 알지 못하는 채로, 진여는 차 문이 열리자 부주의한 손에서 미끄러진 유리잔처럼 조수석에 몸을 부린다. 몸속에서 파열음이 들리지만 자신의 몸이 부서져 흩어지지 않았으므로 다만 안전띠를 맨 뒤, 무기가 차를 몰기 시작한 지

얼마 되지 않았을 때 혼곤한 잠에 빠져든다. 이번에야말로 진정한 의미에서의 수면이며 그 수면의 바다에는 비교적 원만한 꿈의 조각들이 플랑크톤처럼 분포해 있을지 모른다는 기대로 안도가 피어나는데, 어깨부터 옆구리에 걸쳐 사선으로 몸을 끌어안은 안전띠는 불안한 리듬으로 출렁인다. 진여가 완전히 잠에 사로잡히기 전에 실눈을 뜨고 건너다본 앞 유리 너머로는 주광색 조명의 터널이, 좌우로 당겨 찢은 페이스트리의 속살과 같이 펼쳐진다.

예를 들면 위층으로 흥신소, 아래층으로 대부업체 사이에 끼인 개인 진료소 같은 사무실을 짐작하고 도착한 곳은 뜻밖에도 도심이나 베드타운과도 떨어진 숲속의 광활한 대지에 본관과 별관으로 이루어진, 보통 이상 규모의 연구소 정도로 보인다. 건물의 허리를 감싸고 흐르는 밤안개가 짙어지고, 새와 풀벌레의 울음소리가 밤공기를 흔들다 나뭇가지들 사이로 녹아드는 주위 여건만 놓고 보자면, 처음으로 도를 닦기 위해 속세를 떠나온 수행자들이 머무는 아란야를 떠올리게 하지만, 진여는 대체로 수상한 세상일은 이런 데서 만들어지거나…… 최소한 이런 데서 다루어지거나 끝내는 흔적도 없이 모종의 증거 인멸을 위해 이런 데서 소각되곤 하리라는 고정관념을 갖고 있다. 양지를 가장한 음지 내지 지하, 영웅들의 모험담을 제조하고 반영웅들의 파멸을 유도하며 심지어 독려하는 장소. 모두 억측이자 공상이다. 그저 무기의 일터일 뿐이다.

차의 엔진이 멎은 다음에야 무기가 어깨를 가볍게 건드려서 깨어났으므로 진여는 몇 번 도로를 따라 시 외곽으로 빠져나왔는지는 물론 이곳은 어디인지도 알 수 없고, 휴대전화를 열면 위성지도로 현재 위치를 파악할 수 있을 테지만 이미 무기를 믿고 따라온 만큼 그러지 않는 게 좋을 것 같다. 적어도 무기와 함께인 한은 어디가 어딘지 모르고 배회할 일이 없을 것이다. 현판도 없이 무엇인지 모를 건물은 층마다 불이 환하게 밝혀져 있고 창마다 사람들의 그림자가 오가니 늦은 밤까지 적지 않은 이들이 일하는 모양이며, 법률적으로 꺼림칙한 일이 벌어질지는 모르나 최소한 신변에 즉각 위험이 닥칠 만큼 음산한 곳으로 보이지는 않는다. 어떤 회사인지 혹은 무슨 연구소인지 구체적으로 물어보려다가, 진여는 문득 자기가 무기의 차 안에서 잠든 채 여기까지 수하물처럼 실려 왔다는 사실을 다시 한번 상기한다. 무엇보다 핵심은 꿈도 없이. 꿈을 암시하는 신호나 낌새도, 비논리도 이변도 없이. 과장 좀 보태어 체감상 사겁(四劫)에 걸친 동안을 충분히 누리지 못하다가 간만에 한 방울 곡우나 다름없이 찾아온 숙면이었을 것인데, 그 시간은 얼마나 지속됐는지 혹시 일탄지(一彈指)만큼은 아니었을지, 이렇게 잠들어버렸어도 이따가 진행될 꿈의 평화협정에 지장이 없는 것인지, 고개 들어 무기에게 시간의 흐름을 물으려다 진여는 그만둔다. 말을 해서 확인 절차를 밟아버리면 무기와 함께 너른 들판을 가로질러 건물을 향해 걷는 자신의 동작과 지금의 시간이 꿈의 일부로 변모할지 모른다는 예감이 들고, 차 안에서 숙면을 취한 그 잠깐마저도 실은 숙면을 취한 게 아니라 숙면을 취했다는 착각이었음을 확인하게 될 것만 같다.

제가 일하는 센터입니다.

만약 이것이 꿈이라고 한다면, 무기가 먼저 입을 열어서 꿈을 속행시켜준다. 센터라고만 하니 주민 센터 내지 고객센터나 쇼핑센터까지 그 앞에 뭐든 붙일 수 있어서 애매모호하지만, 중앙 현관으로 들어서자 직전까지의 고요가 환각이었던 양 눈앞에 흰 가운 입은 사람들이 오가고 있어서 진여는 무언가 임상 실험이 이루어질 것 같은 연구 센터나 클리닉 센터라고 짐작한다. 사람을 대상으로 임상 관찰을 하기에 일반 대중이 취침 중일 시간에 연구원들은 깨어 활동하는 것일지도. 그런데 연구한다면 잠을? 아니면 꿈을? 혹은 잠으로부터 꿈으로 이어지는 미세한 연결 고리를? 그걸 넘어서 이들 모두의 결과인 동시에 이들 자체이기도 한 침묵과 죽음을? 센터의 규모만 보아서는 잠의 침식은 본관, 꿈의 얼룩은 별관, 하는 식으로 섹션을 분류하여 수면에 관계된 웬만한 분야를 두루 감당할 수 있을 듯싶지만, 실제로 이곳이 연구소이며 클리닉인지는 알지 못한다. 무기가 준 명함은 꿈에 국한되어 드림 피스를 아니 드림 페이스를 드림 페이지 드림 패브릭 드림 팩토리를 표시하고 있었으나 이곳은 애도와 기원과 어쩌면 그보다 본질적이고도 중요한 망각을 위해서 의도적으로 접근성이 떨어지는 곳에 지어진 장례식장이나 종교 시설인지도 모르고. 이 모든 의문을 풀기 위한 방법은 무기에게 묻는 것이다. 그러나 왠지 무기는 대답 대신 연꽃 한 송이를 보듯 미소로 때울 것만 같다. 무기의 미소를 보는 것은 환영이지만 그 미소가 포함하고 있을 너무 많은 괄호의 존재를 알고 싶지 않고, 각각의 괄호 안에 채울 수 있는 낱말 또한 사실상 무한대일지 모른다는 가능성을 검토하고 싶지 않으며, 그의 앞에서 어떤 해답도 얻어내지 못한 만동자(鬘童子)의 질문은 무한히 반복될 것이다.[5]

이때 로비 끝에 공항 검색대처럼 생긴 문을 유유히 통과하는 사람들이 보이는데, 설명을 따로 듣지 않아도 그 검색대 게이트로는 한 명씩만 차례대로 지나갈 수 있다는 사실을 비롯하여, 통과라는 단순한 행위에 일종의 납세나 증명이 필요함을 알고 진여는 주춤한다. 신분 인식기인 듯한 미니 액정에 손을 찍고 앞서 통과한 무기가 건너편에서 손짓한다. 저 같은, 그러니까 일반인이 그냥 들어갈 수 있나요? 방문객 출입증 같은 것을 끊지 않아도 되나요? 허둥대며 진여는 자신의 손바닥을 펼쳐서 흔들어 보인다. 근무시간이 아니거든요. 그냥 오세요. 아무것도 안 나와요. 그의 목소리는 근육이나 혀 같은 현실적인 몸의 조직을 빌려서가 아니라 다른 세계에 존재하는 리듬과 선율을 입고 흘러나오는 것처럼 들린다. 또는 그저 똑딱, 재깍, 딸깍과 같이 적막 속에 시계의 부속물들이 서로 맞물리며 시침과 분침이 움직임으로써 세상에 주어진 일련의 규칙을 준수하는 소리가 그의 몸을 타고 구현되는 것 같기도 하다. 그러자 진여는 이곳이 자기가 들어와도 되는 장소인가에 대해 더욱 의구심이 든다. 그런데 아무것도 안 나온다니, 그건 지금은 안 나오지만 근무시간에는 무언가 나온다는 뜻으로 보아도 되나. 평소 무단 침입하는 사람이 있다면 게이트의 장치 좌우에서 광선이 나와서 그 몸을 꿰어 지지기라도 하나. 지나친 생각이다. 그래봤자 차단 바가 올라와서 더 이상의 진입을 불허하는 정도일 텐데. 정규 근무 시간은 아니라면서 검색대 옆 데스크에는 아마도 당직인 경비원이 서 있고, 그 모습은 외부의 위해로부터 무언가를 보호하기엔 왜소한 데다 창백하기까지 하여 그의 업무 공간인 데스크나 게이트와 명확히 구별되지 않고 흡사 배경에 흡수된 것처럼 보인다. 더욱이 근무시간이 아니라면서 손금을 찍고 앞서 들어간 무기를 보고 진여는 문을 지나가기를, 그보다는 문에다 몸을 던지기를 망설인다. 진여는 이렇게 보안 장비가 갖춰진 기업체 건물은 물론 전차를 탈 때나 시청 같은 관공서에 들어갈 때도 매번 문을 향해 거의 뛰어들다시피 해야만 그곳을 무사히 지나칠 수 있을 것 같은 불안이 있다. 제대로 된 요금을 치르기도 하고 신분도 증명해가며 앞사람과 간격을 충분히 두어서 감지기의 작동 오류 요인을 최소화하는 데도, 타이밍을 맞추는 데 서툰 건지 단지 둔해서 그런지 양쪽에서 차단기가 불쑥 튀어나와 진여는 배나 허벅지로 그것을 들이받곤 하며, 배 속에 핀 하나 삼킨 적 없는데 금속 탐지 경고음이 울리는 바람에 어디선가 모르는 새 녹슨 못이 살 속으로 파고들어 삶 속에 파상풍을 일으키지나 않았는지 세세한 조사를 당하고, 바이러스를 감지하는 초음파 살균기가 요란하게 작동하여 이자는 무언가의 숙주일지도 모른다는 의심을 사는 등, 자신이 합법적인 존재가 아니라는 신호를 수시로 받는다. 그러고 보면 어디를 무슨 일로 다녀오던 길인지 모르겠는 공항에서는 탐지견이 계속 주위를 맴도는 바람에, 몸에 마약을 소지하지 않았음은 물론 이 몸이 마약으로 빚어진 쿠키 같은 게 아니라는 사실도 세세히 증명해야 했을 것이다. 그것은 대범하고 건강한 사람에게는 어느 정도 선까지 해프닝이 되겠지만, 계속해서 쌓이다 보면 세계가 눈앞에서 작정하고 셔터를 내리는 듯한 자격지심으로 변질되지 말라는 법 없으니, 진여에게는 이 문을 통과하는 것이 일종의 과업이자 도전이면서 이 자체가 실험의 첫번째 관문인 셈, 이 순간은 자신이 샬레에 올려진 배양균으로 여겨진대도 무리가 아니다. 진여는 이제 두 가지 가능성을 마주하고 있다. 경보가 울린다: 경보음에 깜짝 놀라 눈을 뜨고, 직전까지 현실이었던 것들이 찢겨나가서 그것이 꿈이었음을 확인하게 된다. 경보가 울리지 않는다: 이 문턱만 넘어가면 다시 무기 옆에 있을 수 있고, 그 대신 이만한 규모의 연구소에서 경보가 울리지 않을 정도의 허술함으로 미루어 곧 여기가 꿈이라는 걸 알게 된다. 그러면 또다시 의혹의 시작. 근무시간이 아니니까요…… 그것은 언뜻 합리적인 전제로 무기의 입을 통해 먼저 제시되었으나, 그 말 자체가 진여의 꿈이 임의로 빚어낸 희망 사항일 수 있다. 그렇지 않고서야 아무리 순환 당직을 선대도 근무시간이 아닌 때 이 많은 연구원들이 로비를 오가는 모습이 설명되지 않는다. 경보가 울리거나 그렇지 않거나 진여에게는 딱히 좋은 일이 아닌 것 같다. 좋은 일이라니, 만약 이것이 꿈이라면 곡두를 멸하고 현실을 직면하며 현존을 확인하는 일이 좋고 바람직하다고 간주되기 마련인데, 진여는 이 순간 좋음을 인식하는 자신의 기준이 반사회적인 쪽으로 기울어졌음을 무심결에 확인한다. 현실의 신분 증명이나 실재와의 화해보다 무기를 잃지 않는 것이 중요하다. 속세를 벗어난 대지에 번지수 모르게 자리한 센터의 의외로 분주한 분위기에서 안정감을 느끼는 이율배반을 택한다. 이것이 이율배반이 되지 않으려면 센터가, 무엇보다 무기가 오롯한 현실이어야 한다. 그리고 눈앞의 모든 것이 현실인지 꿈인지 혹은 스올Sheol인지는, 몸을 움직여 아이보리색 게이트를 통과하기 전까지 알 수 없다.

진여는 심호흡을 하고 도마를 향해 달려가는 선수처럼 무기를 향한 걸음에 속도를 붙인다. 그에게로 가는 길에 차단기나 경보음을 포함하여 아무런 방해도 받지 않았다고 느끼는 순간, 진여는 자신의 몸이 바닥에서 도약하는 자세 그대로 게이트를 통과하지 못한 채 허공에 붙들렸음을 알게 된다. 그러나 구체적으로 어떤 형태와 방식의 올가미에 걸려 있는지 고개를 좌우로 젓거나 숙여서 확인할 수 없는데, 양쪽 장치에서 뻗어 나온 수많은 실이 촘촘하게 진여의 몸을 묶……지 않고 꿰었기 때문이다. 오른쪽 광대에서 왼쪽 턱으로, 왼쪽 어깨에서 몸통을 지나 오른쪽 팔꿈치로, 오른쪽 옆구리에서 왼쪽 옆구리로, 왼쪽 허벅지에서 오른쪽 종아리로 실들이 통과하여 진여를 결박한다. 진여의 온몸이 은색으로 반짝인다. 빛으로 만들어진 실은 뜨겁고 팽팽하며 아무리 몸을 흔들어보아도 끊어지지 않고 살을 더욱 파고들어 조직을 갈라놓기만 한다. 아까 했던 말도 안 되는 가정과 상상이 거의 그대로 구현되고, 한편으론 꿈 증상이 시작한 이래 무언가에 대해 말도 안 된다고 여기는 고전적이며 통상적인 사고방식을 견지하는 일 자체가 말도 안 된다는 것을 알지만, 여하간 실에 걸린 진여의 얼굴은 거기서 벗어나려 할수록 몸의 하중을 견디지 못하여 마른 찰흙 조각처럼 갈라지기 시작한다.

비명의 끝자락에 눈을 뜬다. 일용할 악몽에 웬만큼 적응한 진여는 평소 육성으로 소리치면서 깨어나는 일이 드물다. 꿈 증상을 겪는 모든 사람이 악몽을 반려로 삼을 만큼 그것에 익숙해지지는 않으며, 단지 악몽의 내용을 기억하지 못하는 경향이 짙은 사람의 형편이 상대적으로 나은 정도다. 지금 진여는 자신이 소리를 질렀다는 사실만 알고 절규의 여진만이 성대 근육에 묻어 있으며, 직전까지의 일은…… 그보다 깨어나 눈을 떴는데도 무기가 있다. 무기는 따뜻하고 아늑한 습속의 증거이자 눈앞에 주어진 유일한 현실이며, 분위기로 보아 이곳은 무기의 상담실 겸 진료실인 것 같다. 무기는 도서관 강의에서 했던 자기소개에 따르면 누군가를 상담할 자격도 진료할 권리도 보유하지 않았고, 아마 그 때문에 진여는 뒷골목 상가 건물쯤 될 줄 알았던 무기의 사무실이 실은 거대 규모의 연구소였다는 점에 우선 놀랐을 것이다. 물론 요즘은 잠과 꿈에 관한 한 여러 민간단체에서 속성 특강으로 자격증을 남발하는 경향이 있으므로 그런 자격 유무보다는 얼마나 많은 사람을 직접 만나보고 그들의 꿈을 수집하고 분석했는지 임상 경험이 중요할 터다. 그러나 일어나서 둘러본 이 방만으로는 연구소의 겉모습이 어떤지 알 수 없고, 진여가 본 것은 정말 거대 연구소였을까? 그건 직전까지의 꿈속에만 존재한 장소이고 실제의 이 방은 무허가 꿈 기술자에게 지극히 어울리는 슬럼가의 저층 건물일지도. 냉정하게 생각해보면 기존의 병원이 맡아 하던 정식 의료도 있는데 잠이든 꿈이든 굳이 연구소까지 설립하여 문제 해결을 도모한다는 게 이 도시에서는 오히려 낭비로 간주될지 모른다. 도시의 자연 괴멸을 늦추기 위한 정부 주도 일체 지원 사업의 일환이라면 혹시 또 모르나 산업이라는 건, 매트리스든 베개든 각종 보조제든 거기에 연구라는 거창하고 진지한 태그를 붙이더라도 반드시 경제적 이윤이 발생할 만큼만 잠과 꿈에 대해 관심을 보이기 마련이다. 의사로 대표되는 잠의 연구자들 앞에서 외래 환자가 작성하는 문진표라는 것만 해도, 취침 시간은? 소등 시간은? 누워서 잠들기까지 걸리는 평균 시간은? 기상 시간은? 평소 복용하는 약물은? 커피는 하루에 몇 잔이나? 흡연과 음주의 빈도는? 등과 같이 과거 보편적인 수면 장애 환자들에게 적용했을 법한 매뉴얼을 따르고 있으며 지금의 사람들 사이에 창궐하는 꿈 증상에는 그리 도움되지 않을 정보를 기입 및 체크하게 되어 있다. 환자 본인에게 도움 되지 않기 이전에, 의사에게 참고가 되는 정보를 제공하기가…… 즉 환자가 의료진의 진찰에 협조하거나 내담자가 상담가의 분석에 응하는 일이 거의 불가능한 것이다. 취침 시간, 산발적이다. 소등 시간, 기억나지 않는다, 누워서 잠드는지 걷다 잠드는지 알 수 없다, 기상 시간이라니 지금 이 순간 자신이 깨어 있는지 잠들어 있는지도 모르는데 어불성설, 씻지 않은 채 싱크대에 놓인 잔의 개수를 세어보면 커피를 얼마나 마셨는지 알 수 있을까, 그런데 그게 며칠 전부터 쌓인 컵인지 어떻게 알 수 있으며, 컵을 바라보고 수를 세어보는 자신의 동작 자체가 현실 아닌 꿈속에서 있던 일일 가능성은 또 어떻게 하고.

제가 여기까지 어떻게 왔지요? 저장된 뇌파로 보이는 영상을 연속 터치하며 모니터링을 하던 무기는 화면에서 눈을 떼지 않은 채로 웃는다. 제 차를 타고 왔습니다. 진여는 자신이 누운 침대를 둘러싼 투명한 네 벽을 어루만진다. 머리에는 외부 시스템과 연결된 듯한 머리띠가 씌워져 있고, 머리 위로 역시 투명한 뚜껑이 덮여 있다. 진여가 몸을 일으키자 무기가 레버를 밀어 뚜껑을 열어준다. 어떤 수면 환경을 조성하려는 목적인지 몰라도 이 침대나 기계나 할 것 없이 조악해 보이고 이 중 실제로 중요한 것은 머리띠뿐인 것 같지만 이 머리띠가 당최 어딘가 혹은 무언가와…… 연결되어 있기는 한 건가? 무선으로 작동하나? 진여는 자기도 언제인지 모르게 쓰고 있던 머리띠를 만지작거리며 재차 묻는다. 이거 벗어도 되나요? 아니 그것보다요, 뭔가…… 여기 들어올 때 아무것도…… 뭐랄까 그, 전철 개찰구 같은 게 있었던 것 같은데요. 진여는 예리하지 않기에 방심하게 되는 무언가에 직전까지 찔리고 베인 감각이 남아 있어서 얼굴에 손을 가져가나 만져지는 것이 없고, 한 줄 머리띠만큼의 구체성도 확보하지 못한 자신의 몸은 이렇게나 꿈과 동일한 재료로 이루어져 있는데[6] 눈앞의 무기만은 현실의 인장이자 지문이 되어 이 순간을 지지한다. 보안 게이트 말인가요? 제 카드 두 번 찍고 같이 들어왔습니다. 그리 얘기하는 걸 보면 일단 보안 게이트가 있을 만한 규모의 연구소인 것까지는 맞겠다. 무기는 진여에게로 돌아앉아 비뚤어지고 흐트러진 머리띠를 가다듬는다. 그리고 이거 이대로 끼고 계세요. 누운 지 10분도 안 됐거든요. 제가 들어갈 틈도 없었지요. 수면 유도제를 이미 썼기 때문에 더 안 쓸 겁니다. 마음 편안하게 하시면 다시 잠들 수 있습니다. 무기의 도움을 받아 다시 누워서 진여는 투명한 벽을 둘러본다. 이 침대는 왜 이렇게 생겼지요. 굳이 불필요해 보이는데. 무기는 말한다. 아까 말씀드린 것처럼 꿈 배양기라고 합니다. 그 아까라는 것이 언제 어떤 상황에서였는지 진여는 알지 못하나 어렴풋이 떠오르는 말들은 있는 것도 같다. 고대 사람들은 신탁을 얻기 위해 특정한 장소나 영험한 나무 밑이나…… 그중에서도 신전에 들어가 머리를 기대고 잠들었다고 합니다. 자신이 원하는 꿈을 꾸기 위해 육체와 환경을 조성하는 일, 아픈 사람을 낫게 하는 치료의 꿈을 꾸는 것이나 앞날을 예언하는 꿈을 꾸는 일 모두를 가리켜 꿈 배양이라고 하지요. 여기서는 당신이 원하는 꿈을 꾸지는 못하더라도 최소한 현재의 당신에게 필요한 꿈을 꾸게 될 거고, 그런 의미를 담아 이 시스템 전체에 붙인 이름입니다. 이 침대가 꿈 배양기라는 것을 무기가 상기시켜준 덕분에, 진여는 무기의 센터에서 이용하는 주요 장비 가운데 하나가 꿈 조영기라는 것도 떠올린다. 배양기 안에서 잠든 사람의 꿈을 촬영하고 판독하여 치료에 도움을 주는 방식으로, 예전과는 차원이 달라진 꿈 조영술. 기술 개발 투자자를 모집하던 '수면과 꿈 박람회' 당시만 해도 그 수준은 간밤의 꿈을 나타낼 적에 불분명한 형상의 좌표를 다소 무리하게 연결하여 저화질의 애니메이션으로 구현하는 것이 고작인 데다 애니메이션이라고 부르기도 무색하게 뭔가 제대로 된 이미지를 제작하거나 내용을 이어가기가 어려웠다고 하는데, 거기에 더해 사람들이 잠을 잃어가면서 꿈이고 내면이고 들여다볼 여유도 이유도 없어짐과 함께 꿈 조영술 또한 더 이상의 발전 없이 사장될 뻔했다가, 늘어나는 꿈 증상자들을 위해 뭐라도 해보려는 일부 클리닉에서 꿈 조영기를 유치하기 시작하여 그나마 명맥을 잇게 되었다고 한다. 한때 투자 의사를 철회했던 기업에서 이를 번복한 만큼, 앞으로는 비교적 저가형 기계로도 해상도가 좋은 꿈을 촬영하게 될 테고 거기에 소리나 냄새가 추가되는 고급형 조영기 개발도 시간문제라고. 진여가 쓰고 있는 머리띠는 그 조영기와 연결되어 있다. 진여는 어떻게 생겼는지 알 수 없으나 왠지 범상한 디자인은 아니지 싶은 머리띠를 손가락으로 가리킨다. 당신은 거기서 모니터링을 계속하는 거잖아요. 들어올 틈도 없었다니, 들어오기 위해서는 당신도 이걸 쓰는 건가요? 무기는 명확한 대답 대신 손바닥을 펼쳐 진여의 눈을 부드럽게 가린다. 당신 옆에 계속 있을 거예요, 아마도 거의 처음부터. 그 말을 듣자 진여는 조금 안심되어 감은 눈꺼풀 안으로 안구에 힘이 풀리는 것을 느낀다. 8에서 12헤르츠를 오가는 느린 알파파. 거기에 끼어들다 이어지는 세타파. 당신이 그걸 언제 알아차리게 되는지는 특정할 수 없고, 경우에 따라선 깨어날 때까지 눈치채지 못할 수도 있습니다. 점점 주파수가 느려지면서 델타파가 진여의 의식 대부분을 점유한다. 그래도 당신의 잠과 꿈에 한 조각 평화가 깃드는 데 도움 된다면 몇 번이고 말씀드릴 수 있습니다. 저는 옆에 있다고. 뭔가 예상과 다른 일에 맞닥뜨렸을 때 당신을 무저갱에서 건져 올려주겠다는 허황된 장담이 아니라 다만 옆에 있을 거라는 무기의 말에서 일종의 경건함마저 전해져오고, 그 책임감 있는 어조가 의식 가장자리에 완만한 경사로를 만들어, 진여는 꿈속으로 조금 더 편안하게 미끄러져 들어간다. 어떤 소리나 촉감이나 냄새의 저지를 받지 않고 순조로운 입면 단계에 들어설 수 있다는 것만으로도 무기의 존재 의의를 어렴풋이 알 것 같다. 수많은 장소에 동시에 도착하고 수많은 장면들과 동시에 마주하면서 진여의 혼은 열두 폭의 깁에 떨어져 부드럽게 그 위를 왕복하다가 곧 무기의 존재 의의는 물론 그 존재 자체를 알지 못하는 세계로 넘어간다. 잠몰(潛沒)의 언어와 잠영(潛影)의 이미지로 건설되었으나 주춧돌은 없는 공간을 향해, 다시 한 걸음 깊이.

눈이 너무 많은 거구의 남자가 땀을 뻘뻘 흘리며 암체어를 움직이고 있다. 사무실 이전이라든지 회의실에 좌석이 모자라다든지 하여간 뭔가 필요에 따라 의자의 위치를 옮기는 것처럼 보이지 않고, 태어나 처음으로 바퀴 달린 의자에 앉아본 어린이가 발로 바닥을 밀며 장난칠 때와 같은 방식으로, 거구의 남자는 앉아서 움직이고 있다. 일반 사무직이 흔히 쓰는 사이즈의 가벼운 바퀴 의자가 아니라 중역들이 쓰는 것과 같은 소가죽이 씌워진 물건이니 유희를 목적으로 굴리기에는 육중해 보이며, 한 책상에서 바로 옆으로 이동하는 거라면 저럴 수도 있다 싶지만 파티션 건너편으로 옮겨가는 정도만 하더라도 자리에서 일어나 두 손으로 잡아끌거나 밀고 가는 게 효율적일 텐데, 지금 거구의 남자는 무려 사무실 밖의 삼거리 골목길에서부터 그처럼 앉은 자세로 의자를 끌어오고 있는 것이다. 의자는 아무리 바퀴가 달렸더라도 기동성 측면에서 자전거나 킥보드의 대용은 될 수 없고, 철없는 장난이라기에는 그의 얼굴이 뜨거운 햇빛을 받아서도 그렇지만 한결 더 붉게 익기도 했거니와 여러모로 고통스러워 보이며, 애당초 사무실에 비치되어 회사 건물을 벗어나기 어려운 게 보통인 물건이, 어째서 길바닥에서부터 건물을 향해 나아오고 있는지 모를 일이다. 바깥의 가구점에서 새로 구입한 거라고 쳐도 보통 저런 방식으로 갖고 오나? 어쩌면 그는 큰 실책을 저질러 네놈은 당장 해고라는 일갈과 함께 자신의 책상과 의자가 길바닥에 끄집어내어 던져진, 노골적인 직장 내 괴롭힘의 희생자일 수도 있는데, 그렇다고 해도 버려진 집기를 분연한 항의의 표시로 도로 들여놓을 때는 일어나서 운반하는 게 효율적이다. 의자는 어떻게든 굴러간다 치고 책상은 어쩔 셈인가. 주위를 둘러보지만 책상은 딱히 눈에 띄지 않으며, 셔츠에 넥타이까지 맨 남자가 양발을 끌면서 의자를 굴리고 있는데도 지나가던 사람들은 그에게 천진하다든지 딱하다든지 기괴하다든지 뭐라도 의미가 담긴 눈길 한번 주는 법 없고, 여하간 저만한 크기의 암체어라면 일어나서 들어 옮기는 게 낫다는 것만은 확실한데, 잘하면 자기도 두 손으로 번쩍 들 수 있을 것 같아 진여는 그에게 도움을 제안할까 순간 생각도 해본다. 그러나 그러기에는 진여 앞으로 주어진 업무가 너무 많다. 진여는 남자의 눈보다 더 많은 일을 동시에 굴리고 있어서 실은 그 남자에게 시선을 돌릴 여유도 없는 것이다. 그의 얼굴에는 보통 사람들과 마찬가지로 눈이 두 개 있지만, 터질 듯 팽팽하여 곧 단추가 떨어져나갈 것 같은 그의 셔츠 안에서 나머지 눈알들은 저마다 깜박이거나 찡그리거나 꿈틀거리거나 희번덕거리거나 눈물을 흘리거나 눈곱을 짜내거나 하고 있을 것이다. 그는 웃통을 벗어서 사람들에게 자신의 수많은 눈을 드러낸 적 없음에도 눈이 너무 많다는 이유로 사장에게 미움을 받고 있으며 길거리에서부터 의자를 이런 식으로 끌고 오는 이유도 그 때문으로, 사장은 그에게 무의미한 일을 시킴으로써 본인의 스트레스를 해소하는 동시에 그의 퇴사를 종용하는 것이다. 이것은 그의 일과이고 그의 업무이다. 이제는 세상 그 누구도 종이로 된 보고서를 제출하지 않아서 사무실 구석에 전원 플러그마저 뽑힌 채 방치된 복사기를 닦는 일, 그 옆에 무질서하게 쌓인 지난 세기의 파지들을 분류하여 이면지로 사용이 가능한 것과 그렇지 않은 것을 나누어 정리하는 일, 그에게는 접속 자체가 허락되지 않은 사내 전자 데이터 대신 아무도 찾지 않는 자료실의 먼지 쌓인 단행본들을 제목 가나다 순으로 꽂는 일, 이튿날에는 제목 철자가 아닌 저자명 순서대로 재정리, 다음 날에는 전날까지의 모든 기준을 파기하고 분야별 재구성. 그리고 지금은 앉아서 의자를 가지고 올라가는 것이 그의 일. 모든 것을 볼 수 있는 자가 그 빛나는 모든 눈으로 중요한 사안을 관찰하거나 투시하는 게 아니라, 경사로를 따라 굴러떨어진 바위를 밀어 올리는 것과 같은 일을 한다는 건 부당하다. 옷에 덮여 사물과 사태를 응시할 기회를 오랫동안 잃어온 나머지 아흔여덟 개의 눈들은 도태 끝에 이미 실명에 가까운 상태가 되었을지도. 그럼에도 그의 몸에 많은 눈이 달려 있다는 사실을 어째서 자신이 아는 건지 진여는 모른다. 사무실에서 일하는 그 누가 그 얼굴 아래로 몸에 붙은 눈을 단 하나라도, 단 한 번이라도 봤는지 알지 못하나 그것은 내밀한 개인의 일이 아니라 사내에 공공연하게 퍼져 정보 가치로는 한없이 제로에 가까운 일일 수도 있겠다. 평범한 인간의 도시로 떨어지는 바람에 자신의 특성과 축복이 잉여와 저주 외에 무엇도 아니게 되어버린 파놉테스는—그러나 먼 옛이야기 속에서 발휘했던 특성이라고 하여 딱히 유의미하고 생산적인 일에 쓰인 게 아니라 연인들을 감시하고 그들의 만남에 훼방을 놓으며 정사를 고발하는 노동에 주로 이용됐음을 생각하면 지금 남자의 처지와 크게 다를 바 없을지도—이제 건물 앞에 다다랐으나, 그의 앞에는 더한 고난이 기다리고 있다. 사무실은 4층에 있고 골목길에 자리한 이 보잘것없는 건물에는 엘리베이터가 없으며, 그는 자신의 업무 규약에 따라 사무실에 들어갈 때까지 의자에 앉은 자세를 그대로 유지해야 한다. 낚시 의자나 스툴도 아닌 암체어를, 그나마 머리에 이고서 층계를 걸어 올라간다면 또 모르겠는데 의자에 엉덩이를 붙인 채 한 손으로는 암체어의 무게를 지탱하고 다른 한 손으로는 난간을 붙잡아 몸을 끌어올리면서 층계를 오르다 뒤로 미끄러져 머리가 깨지지 않을 확률은 얼마나 될까? 진여는 한 겹의 옷 아래 몸 앞뒤에 분포한 눈알들에 대해서가 아니라 그에게 그런 일을 지시하는 사람에 대한 공포를 느낀다. 정확하게는 대표만이 아니라 진여를 포함하여 사무실의 모든 이들이 동조자이자 공모자이다. 어째서 이런 일을 누구도 말리지 않는가. 지옥에 떨어진 자는 아무리 손을 뻗고 허리를 숙여도 과일과 샘에 닿지 않을 것이며 허기와 갈증을 해소하지 못할 것이다. 눈앞의 건물은 점점 더 층계의 수가 불어나고 층수는 5…… 6…… 7층으로 늘어나, 모든 것을 볼 수 있는 빛나는 눈들을 지닌 거구의 남자는 언제까지고 사무실에 다다르지 못할 것이다. 부당한 업무를 완수하지 못한 남자가 죽고 나면 그의 눈은 여신의 애도와 함께 하나하나 떼어져 공작의 꼬리 날개에 매달릴 테고 그러면 최소한 지금보다는 미감 측면에서 쓸모가 있을 테니 그는 오히려 그쪽을 더 바라지 않을까 생각마저 들지만, 진여는 그가 앉은 자세로 의자를 살짝 들어 층계의 첫째 단에 바퀴를 걸칠 때 그의 몸이 의자와 한 덩어리가 되어 굴러 내리는 것을 막기 위해 등 뒤에 따라붙는다. 진여는 정말이지 이러고 있을 틈이 없으며 그라는 존재 자체가 번거롭고 짐스럽다고 느끼고, 이 상태에서 벗어나기 위해서는 그 짐스러운 마음을 실제의 무게가 나가는 짐으로 치환해야 한다는 생각으로, 의자 등받이를 버티는 손에 자기도 모르게 힘을 준다. 그러자 그가 고개 돌리곤 진여를 향해 뭐라고 입을 달싹거린다. 뭐라고요? 이게 무슨 짓이냐라든지, 다치니까 비키라든지, 쓸데없는 참견이라든지, 보통 이런 상황에서는 징역을 살거나 저주의 화살을 맞은 사람이 선의의 손을 뻗는 사람을 외면하면서 그와 같은 일갈을 하기 마련이라 눈 많은 거구도 그 비슷이 말했을 테지만, 구름을 입속에 머금고 있기라도 한 양 그의 몸 밖으로는 아무런 소리가 나오지 않는다. 진여는 그가 층계에서 떨어지지 않도록 등을 받쳐주는 일에 반드시 그의 목소리가 필요하지는 않으니 아랑곳하지 않는데, 눈 많은 남자는 괜히 거구가 아닌 모양이라 의외로 큰 난관 없이 첫번째 고지의 등정에 성공하며, 진여는 자신이 무게를 받쳐줄 필요 없이 등받이 뒤에 가까이 붙어서 지켜보는 것으로 충분하겠다는 생각이 든다. 그를 따라 올라가다가 무심코 짚은 벽에는 길게 여러 갈래 금이 가 있는데, 그것들은 광범위하고 깊어서 갈라진 틈 안으로 손가락을 넣을 수도 있을 정도다. 그 틈은 어린 날 재개발 구역에서 놀다가 씹던 껌을 붙여둔 폐가 벽에 그어진 금을 닮았고, 진여는 아마도 빈집이 아파 보여서 갈라진 틈을 조금이라도 이어보고자 그랬겠지만 어린이의 입에서 뱉어낸 껌으로 건물을 수선한다는 건 애당초 불가능했을 텐데…… 그 이전에 너에게 어린 날이 있었던가? 어린 날이라는 이름으로 에울 수 있는 특정 범위의 시간대가? 어린 날의 여부를 묻기 전에 너라는 존재가 있었나? 그런 뜻밖의 물음이 눈 많은 거구의 입에서 나온 줄로만 알고 순간 고개를 드나 목소리의 출처는 알 수 없으며 남자의 모습은 의자 등받이에 가려 보이지 않는다. 분명 이 행위를 시작했을 때부터 그는 거구였는데 지금은 의자 등받이에 가려질 정도라고? 그러고 보니 의자는 아까보다 거대해지고 무거워진 것 같다. 의자 바퀴가 층계참을 돌아갈 때 진여는 발을 헛디디고—그보다는 별 뜻 없이 금 간 틈으로 손가락을 끼워보았다가 거기 손가락이 물리는 바람에 전진하려던 발이 꼬인 것인데—자기도 모르게 남은 한 손으로 의자를 붙들고 만다. 그 악력에 딸려서 미끄러지는 의자와 함께 층계 아래로 끝없이 곤두박질하면서 변명하기를, 정말이지 이 반사작용은 불가항력이며 의자를 잡아당기려던 게 아니라 오히려 밀어주려고 했는데 결과적으로 그의 업무를 방해한 셈이 되었지만, 아닌 게 아니라 이 정도로 금 간 건물이라면 이미 누구도 근무하지 않고 퇴거 이전에 입주 자체를 하지 않았을 것이며 여기는 회사가 아니고 당신도 나도 직원이 아니고 우리에게는 아무런 일도 주어지지 않았고 이대로 몇 층인지 모를 건물을 전력으로 등반해보았자 우리는 자물쇠가 채워진 철문과 마주하게 될 거라고, 그나저나 당신이 말했는지 누구 목소리인지 몰라도 타인의 어린 시절 여부는 왜 따지는 것이며, 그 어린 날의 껌과 벽이 설령 기억 아닌 꿈속 파편이거나 상상인들 당신과 무슨 상관인지. 이쯤 되면 이미 사람 둘과 의자 하나가 뒤엉켜 머리가 깨지거나 다리가 부러지고도 남았을 일임에도, 층계는 바닥없이 언제까지나 끝나지 않아서 공간의 넓이와 깊이를 알 수 없는 심연으로 떨어지기만 하며, 서로 어긋난 박자와 빠르기를 갖고 추락하다가 진여는 눈 많은 거구의 남자와 의자를 모두 놓쳤을 뿐만 아니라, 주위가 어두워지는 걸로 보아 갈라진 벽 틈에 손가락 한 마디가 물렸을 때 그 틈으로 낚아채어져 몸이 빨려들어간 것임을 알게 되는데, 이상하게도 그것이 외롭거나 무섭다기보다는 이제 두 번 다시 그에게 이 일에 대해 해명할 기회가 없으리라는 데서 비롯한 낭패감이 앞선다. 어디로 갔는지 의자는 보이지 않는데 다리에서 빠져 튕겨 나온 듯한 바퀴 한 개가 내측 여덟 줄의 살을 파르르 떨면서 눈앞을 스치고 별 무리 같은 궤적을 그리며 멀어져간다. 진여는 누구의 진로도 방해할 뜻이 없었고 누구의 발목도 잡고 싶지 않았으며 매 순간 눈앞에 존재하는 것을 성실하게 직시한 게 잘못인가 싶은데, 그걸 마주 바라봄 없이 혼자 들여다본들 무슨 소용이냐고, 마주침이나 조율과 교환을 동반하지 않은 일방적인 응시란 자기만족 아니냐고, 그토록 눈이 많은 자의 눈을 한 번이라도 마주해본 적 있느냐고—

고개를 들자 텅 빈 전자 칠판이 보이고, 눈을 내리니 책상에 올려놓은 손등 옆으로는 빈 캡슐과 찢어진 약봉지가 구겨져 있다. 직전까지의 사물과 공간과…… 무엇보다도 사람을 잊은 채, 진여는 자신의 현재 상황을 비교적 선명히 인지한다. 수년을 앓아온 꿈 증상의 결과 그전에 운용하던 거의 모든 시간과 리듬이 굴절 내지 전복되어 미래 계획이나 버킷 리스트라는 게 무의미하고 일상에 일상이란 이름을 붙이기 난감한 지금도, 약발이 잘 들어서든—물론 현재의 약으론 꿈 증상 자체에 작용하여 이를 근본적으로 제거할 방법은 없으며 통상의 신경계 약물로 완화 정도나 기대해볼 수 있지만 어디까지나 속수무책보단 낫다는 측면에서—내외부적으로 이벤트 요인이 발생하여 신체 호르몬이 일시적으로 달라져서든 간에, 이번처럼 명료한 상태에 놓일 때가 간간이 있다. 파몽 직후이므로 꿈의 파편들을 어느 정도 떠올려 끼워 맞출 수도 있다. 꿈속에서 진여는 누군가의 의자를 밀어주었는데 왜 그랬는지는 모르겠지만 어쩌면 그건 의자가 아닌 그저 카트였던 것도 같고, 그런 일을 하기 전에 어떤 사람을 만났는데, 그의 차를 얻어 타고 어디론가 이동했으나 이동 과정은 쑥 잘려나간 한편, 어두운 숲에 어울리지 않는 신식 건물과…… 그런데 그곳은 뭘 하는 곳이었으며 왜 갔는지, 동행한 사람은 현실의 지인인지 꿈속의 임시 등장인물인지. 꿈의 서사에 왜를 묻다니 왠지 적절치 않아 보여도 의외로 꿈속에서 벌어지는 일들은 나름의 논리와 규칙, 최소한의 이야기가 성립되는 전후 사정을 갖는 수가 많다고 어디선가 들은 것 같다. 어디선가란 어딘지 궁금할 것도 없이 병원에서 이 약을 처방해준 의사가 한 말일 테지만 이야기라니, 진여는 이야기를 즐기지 않는다. 특히 스릴이나 감동과 카타르시스를 포함하여 모두 한데 재미라는 이름으로 엮어서 통칭하는 이야기라는 것에 염오를 느끼고, 무엇보다 이야기가 마땅히 지녀야 한다고 간주되는 정합성이 지금 진여의 세계에는 거의 남아 있지 않으며, 자신이 자신의 이야기를 만들 수 없는 존재가 됐는데 이야기를 좋아하기란 불가능하다. 이야기는 철저하게 그것을 만들 수 있고 누릴 수도 있는 자들의 것이다. 무엇보다 제 몫의 정연한 질서를 갖춘 자. 일상이 파괴되지 않은 자. 타인과의 상호작용이 가능하며 무언가를 기억하거나 기록하거나, 최소한 기록했다는 사실과 기록한 매체를 기억하는 자. 즉 생성된 콘텐츠를 담을 그릇으로 기능할 수 있는 자. 그 그릇 안에 서사적 흐름에 따른 재미와, 의미를 담은 주제를 배열하는 자. 왼쪽 어깨에 생각, 오른쪽 어깨에 기억이라는 이름의 갈까마귀를 올려놓은 신은 날마다 그들에게서 세상 모든 이야기를 전해 듣고 스스로 풍부해졌으나, 생각은 끊기고 기억은 사라진 인간에 불과한 진여는 깨진 조각을 그릇이라는 견고하고 아름다운 형식으로 이어 붙일 수 없고, 단편적으로나마 기록을 했는지는 모르지만 기록한 기억이 없는 이상 기록하지 않은 거나 마찬가지이며, 일상도 질서도 없으니 더 이상의 이야기를 만들어낼 수 없다. 누가. 언제. 어디서. 무엇을. 어떻게. 왜. 지금도 이에 대답할 말이 없다. 특히 왜. 왜 왜 왜. 왜가 없는 땅에 버려진 지 오래. 누가 없는 바다를 표류한 지 오래. 무엇이 없는 하늘을 부유한 지 오래. 왜가 없는 땅은 그 어떤 씨앗도 싹이 나지 않고 뿌리를 내리지 못하여 당아새만이 남아 노래하는 황무지가 되고, 누가 없는 바다에서는 파도가 경련 끝에 항해자를 삼키고, 무엇이 없는 하늘에는 검은 구름이 무리 지어 철새들의 이동을 방해한다. 죽음과 충돌하여 수많은 각도와 방향으로 산란된 꿈들만이 날카로운 입자를 빛내며 경야(經夜)의 시간을 수놓는다.

그럼에도 지금같이, 사회에서 정상이자 보편이라고 인정하는 각성의 상태가 드물게 찾아올 때가 있어서 진여는 완전히 포기하지 못하는 것이다. 꿈 증상에 시달리는 학생들의 정서를 특별 관리하는 교사들도 그렇게 격려하곤 한다. 명목상 특별 관리이며 실은 꿈 증상을 겪는 학생들로부터 보통의 학생들을 보호하기 위한 일이라는 점이나, 교사들은 본연의 수업과 행정 책무에다가 수당도 없는 보직을 제비뽑기 내지는 폭탄 돌리기 식으로 짊어졌을 뿐이라는 점을 서로 모르는 척 묻어두고, 정기 상담 관찰 중인 학생 앞에서 성심을 다해 말한다. 너 자신과 네가 선 자리가 끊어진 선로처럼 여겨지겠지만, 각 과목 선생님이 관찰한바 너는 누구보다도 집중하면서 수업에 참여하는 학생이고, 설령 꿈속에서 헤매다가 중요한 걸 놓쳤다고 느끼더라도 사실은 정해진 시간에 맞게 평가지를 제출했으니, 이렇게 데이터와 숫자가 보여주는 대로 너는 우수한 학생이라고. 수시로 블랙아웃 모드에 접속하여 꿈의 방문객이 된다는 것이 대학 진학이나 취업을 비롯한 미래의 정상적인 계획을 접어둘 이유가 되지는 않는다고. 너는 공부하고 달리고 먹고 쓰고 그리고 너는 웃고 말하고 사랑하고 너의 일상에는 거의 문제가 없으며 다만 문제가 없음을 인식할 수 없다는 문제가 있을 뿐이니 너는 일하는 인간 너는 생산적인 인간 너는 유익한 인간 너는 미진함이나 부족함을 느낄 권리가 있고 욕망에 충실해도 되며 이 도시의 불빛이 꺼지지 않고 굴러가게 하는 중요한 자산이자 톱니라는 요지의 훈화를, 가능한 한 레퍼토리를 바꾸어가며 들려준다. 패착을 거듭하고 다시 시험 단계로 무한 도돌이표를 그리지만 느리게나마 신약 개발 중이니 정진을 포기하지 말 것이며, 지금 고생하는 너희 가운데 누군가가 보란 듯이 진학하고 연구하여 이 꿈 증상을 정복할 날이 올지도 모른다고, 다양한 도말(塗抹)의 언어로 학생을 설득한다. 정복이라는 언어도단. 감기를, 노화를, 죽음을, 치료하거나 지연시키기는 해도 원천 봉쇄하기는 실패한 인간에게서 나오는, 원대하고 위험한 포부.

진여는 주위를 둘러보다 대각선 방향에 앉아 있는 담임교사를 발견한다. 방과 후인지 교실은 텅 비었고 학생이라곤 진여 혼자다. 조금 전 꿈속에서 쭉 오랫동안, 저는 직장을 다니는 성인이었어요. 출근할 때마다 업종이 바뀐 것 같은데 일을 무척 열심히 했다는 느낌만은 남아 있어요. 그중 한 번은 교사 일도 했어요. 회사를 다니다가 갑자기 교사라니, 교사를 먼저 했는지 회사를 먼저 다녔는지는 잘, 아무튼 사회생활을 하다가 누구를 만났는데…… 이상한 사람을, 너무 크고 좀 이상했는데, 아니 그 이전에요, 이상한 사람을 만나기 전에 친절하고 괜찮은 사람도 만났어요. 그런데 그 사람 얼굴이 기억나지 않아요. 괜찮은 사람이 이상해졌는지, 이상한 사람이 환골탈태했는지 어느 쪽이 먼저일까요. 그런데 왜 그 사람을 이상하다고 느꼈을까요. 세상에 이상한 사람은 없는데. 이상한 건 늘 이 상황에 발목이 잡히는 제 쪽인데요. 학생이 갑자기 각성하여 자신의 이야기를 할 때, 교사는 수업 진행에 큰 지장이 없는 선에서 그걸 들어주어야 할 의무가 있다. 더욱 성의 있는 교사는 학생의 치료에 참고가 될지도 몰라 때론 녹음도 해서 학교 협력 병원에 전송하는데, 맥락과 일관성이 없으며 그때그때 중구난방인 꿈의 내용을 어절별로 분석하는 행위란 환자의 심리 안정 차원일 뿐 꿈 증상 자체를 제거해주지 않는다는 걸 알면서도 교사는 아무것도 하지 않는 것보다는 낫다는 이유로 진여의 말이 시작되자 녹음 설정을 한다. 그런 꿈은 네가 미래에 훌륭한 사회인이 되리라는/든든한 사람을 만나리라는 예지몽인가 보네, 같은 하나 마나 한 추임새를 얹어서는 안 되며, 학생이 자신의 진술을 다 마치고 교사에게 답을 요청하는 질문을 하기 전까지는 끼어들지 않을 것이다. 그런데 이상하지 않아요? 아무리 말이 안 되는 장면과 사건을 누덕누덕 기워 붙이더라도 말이에요, 꿈은 자기가 살아온 방식이나 저장한 경험을 아무래도 조금쯤 빌리게 되지 않나요? 그러니까 제 얘기는요, 예닐곱 살 먹은 어린애는 한 번도 고등학생이 되어본 적 없으니까 자신이 고등학교 교실에 앉아 있는 꿈을 꾸기가, 현실적으로 어렵지 않을까요? 꿈 얘기를 하는데 현실적인 어려움을 따지는 건 어폐가 좀 있는데요, 그렇잖아요, 안정적인 가정에서 순조롭게 자라난 유아가 꾸는 악몽이라면 엄마 아빠를 놀이동산에서 잃어버리는 거, 유치원 친구랑 싸우는 거, 사나운 개한테 쫓기는 정도가 보통 아닐까요. 물론 꿈 증상을 앓는다면 더 이상 그 무엇도 보통이라는 범주에서 생각하기 어렵지만, 이를테면 선생님은 이미 시험을 치러보셨으니 대학 입시를 다시 치르는 악몽을 꿨다고 말씀하실 수 있잖아요. 그런데 여섯 살 아이가 대학 입시를 치르는 꿈이나 군대에 징집당하는 꿈을 꿨다고 말하기는 쉽지 않을 거예요. 설령 꾸었더라도 대입이 뭔지 모르거나 군대라는 공간에 대한 개념이 부족하니까, 정확하게는 그런 꿈을 절대 꿀 수 없다고 단정하기보다는 간밤 자기 꿈의 내용이 이러저러했다고 나타낼 언어가 궁한 거겠죠. 그런데 저는 아무리 조금이라도 드라마나 예능이나 이런저런 미디어에 노출되고 책으로도 보아서 귀동냥 수준의 정보를 갖고 있으니 전쟁과 입시와 취업에 대해 막연하게 아니까 꿈속에서 제가 어른으로 등장하는 것이 어렵지 않고, 그중 회사원으로 살고 있는 꿈도 자연스럽게 꿀 수 있을 테고, 그와 동시에 제가 무슨 직업을 갖고 어떤 일을 했는지, 업무 내용이나 대상을 세세하게 떠올리지 못하는 것이겠죠. 신기하게도 말이에요, 잠깐 교사가 됐을 동안만, 담당 과목이 체육이었다는 것까지 기억나요. 그건 제가 학교에 다니니까, 이런저런 기업체보다는 최소한 학교가 뭐하는 데인지는 알고 있어서 가능한 꿈이 아닐까 해요. 그런데 저 체육 완전 못하고 죽도록 싫어하는데 왜 하필 체육이지. 그러고 보니 과목이 체육이었다는 것만 알지 뭔가 체육 교사다운 일을 수행했다는 느낌은 전혀 없네요. 평소 체육이라면 진저리를 치는 제 마음속을 반영한 설정인지도 모르겠어요. 논리만 생각하면 이렇게 간단히 정리해버리는 게 말은 되는데, 지금 도시 자체는 멀쩡해 보여도 그 안에서 사는 저와 많은 사람들은 논리대로 살아가는 게 어렵거든요. 면직이나 강제 휴직이 우려되어 대놓고 말을 못 꺼낼 뿐 선생님들 중에서도 이 증상을 겪는 분들 계시다고 들었어요. 그래서 궁금한 것은, 이렇게 제가 잠깐 돌아왔는데 지금 이건 꿈이 아니에요? 어느 쪽이 진짜인 거예요? 저는 지금의 이 상태를 '돌아왔다'고 말할 수 있는 거예요? 어디가 돌아가야 하는 곳인지를 어떻게 알고요? 꼭 어른이냐 아이냐 사회인이냐 학생이냐 같은 양자택일이 아니더라도, 제가 벗어나야 하는 겹이 하나나 몇 개 더 있는 거 아닐까요? 돌아가야 할 곳이 달리 있지는 않을까요? 저는 여기 학생이 맞고 선생님은 제 선생님이 맞나요?

그때 진여는 담임교사의 어깨 너머 벽에 붙어 있는 시계를 바라본다. 지금은 방과 후가 아니다. 그러니까 지금은…… 한문 시간이며 진여만 빼고 모든 아이들이 해당 교실로 이동한 다음인 것 같다. 진여는 서둘러 가방 하나만 낚아채듯이 들고 담임교사에게 인사를 하는 둥 마는 둥 교실을 뛰쳐나간다. 출면(出眠) 시점으로부터 10여 분의 시간이 흘렀음에도, 입 밖으로 꺼내놓은 말이 결코 적지 않은데도 몸속에서 꿈의 성분이 완전히 빠져나오지 않았기에 몇 걸음 걷다 비틀거리고 복도 벽에 손을 짚는다. 꿈 증상에서 막 벗어난 이가 점차 낮아지는 꿈의 농도에 적응하면서 현실과 뒤엉킨 꿈의 매듭을 풀어 날려 보내는 데 시간이 걸리기에 꿈 증상이 한창 진행 중인 사람보다 좀더 상태가 좋지 않다는 사례는 이제 어느 정도 알려져 있으며, 바로 지금 같은 경우

때문에 담임교사는 진여의 말을 도중에 끊지 않음은 물론 서둘러 수업 교실로 가보라는 얘기를 하지 않은 것 같다.

한문 교실로 들어갔을 때도 교사나 반 학생들이 진여를 한번 돌아만 볼 뿐 별다른 말은 없는데, 무사히 잘 깨어났는지 몸은 좀 괜찮은지 아는 체하거나 측은하게 여기는 눈길을 보내선 안 되는 것이다. 이런 증상자가 각 과목 수업에 지각과 결석 내지 조퇴를 하는 경우도 간혹 있는데, 교육부에서는 진단서를 끊은 일상의 병결과 마찬가지로 이같이 피치 못할 모든 상황에 대해 병결 처리하여 성적 불이익을 주지 말 것을 권고한다. 이에 처음에는 구성원들이 증상자에게 각별히 신경 써주고 편의를 봐주는 듯하나 그것은 어디까지나 자신들과 파이를 공유하지 않는다고 간주하는 일상 영역에서의 배려에 한하며, 간혹 드물게 중요한 평가 고사에 입실하지 못한 증상자에게는 사정이 딱하지만 재시험의 기회를 주어서는 안 된다고 선을 긋는다. 포도밭의 누구에게든 한 데나리온을 지급해야 한다는 건 복음의 한 구절에서나 가능한 명분일 뿐,[7] 구원받기를 목적으로 하는 신도들과 시험에 합격해야 하는 수험생들은 사정이 다르다는 것이다. 공정을 외치는 학생과 학부모 들이 필요하다면 집단소송이라도 내겠다는 ―내부로는 꿈을 꾸면서 외부로는 아무렇지도 않게 고사장에 정상 입실한 꿈 증상자들도 분명 있을 테니 결과는 복불복으로 사회가 책임져줄 일이 아니며, 불응시자를 거듭 구제했다가는 정부에 대한 불신과 사회질서의 붕괴로 이어지리라는—강경한 움직임을 보임에 따라 시험을 치르지 못한 학생들은 구제받지 못하고 유급하거나 진학에 실패하는 사례가 쌓이고 있다. 그런 상황에서 꽂혀오는 복합적인 의미를 담은 시선들에 진여는 자신의 원만한 상태와 보편의 나날을 어필하듯 가벼운 목례로 화답하고 빈자리를 찾아 앉는다. 그런데 이건 대체 무슨 수업인가. 진여는 자기가 교실을 맞게 찾아왔는지 순간 의심한다. 한문 시간이라면 7언절구나 고사성어를 요약 정리한 파일 링크를 교사가 제시하고 각자의 수업 기기에 다운로드하는 것으로 시작일 텐데, 책상에는 빈 종이와 벼루, 먹물을 비롯하여 찰흙 덩어리 같은 것이 놓여 있다. 교사는 진여에게 다가와 말한다. 오늘은, ■■을/를 ■■는 거야. 귀가 멍멍하기도 하고 혼몽 간이라 진여는 교사의 말을 얼른 알아듣지 못하나, 책상에 놓인 도구가 빤하고 다른 아이들을 보며 대충 따라 하면 될 것 같아 고개 끄덕인다. 글씨를 쓰는 거야. 언제부터 한문이 정량적인 학업 성취도와 거리가 있는 서예 시간으로 바뀌었는지는 모르겠고 한문 과목 평가에 있어서 먹과 벼루가 관계있는지도 의심스러운데 특히 찰흙은 어디다 쓰라는 건지 모르겠다. 도장을 찍는 거야. 주위를 둘러보니 학생들이 그 덩어리를 집어 들곤 먹을 흠뻑 묻혀 그 위에 종이를 덮고 있다. 그건 도장을 찍는 일반적인 방식과는 거리가 좀 있는 듯싶고, 그냥 덩어리에 종이를 눌러 문댄 것 같은데 신기하게도 종이에는 글자가 찍혀 나온다. 이름 말이야, 자기 이름. 이름을 어쩌라고? 학생들이 찍어나가는 것은 각자의 이름이라고 한다. 한문 시간이니 한자 이름일 테고, 그런데 이 교실에 한자가 아닌 다른 언어로 된 이름의 소유자가 있을지도 모르는데 그들은 어떻게 하라는 것인지 모르겠고 그보다는 이름을 뭐하러? 한문 교사는 정말이지 나이브하고…… 뭐랄까, 마일드한 마인드를 가진 것 같다. 이제 와 자신의 이름 글자를 귀히 여기라는 뜻인가, 소수점의 숫자 하나로 자기 위치가 결정지어지고 자기 존재가 규정되는 삶에서 새삼스레 자신의 이름을 찰흙에 한자로 새겨 몇 번이고 찍어보게 한다는 것은. 오늘은, ■■을 ■■는 거야. 아, 그거다. 탁본을 뜨는 거야. 교사는 진여의 책상 앞으로 다가와 말하기를, 너의 이름은 이미 내가 새겨두었으니 너는 그대로 하면 돼. 학생이 언제 올지 알고 이름을 먼저 새겼다니 지나친 호의라고 생각하며 진여는 교사가 내미는 찰흙 덩어리를 받는다. 먹물은 이미 요철 부분에 다 묻어 있다. 무심코 덩어리를 뒤집어 종이에 찍어야 할 면을 들여다보는데, 진여는 그 글자를 읽을 수 없고 자신의 이름이 아닌 것 같다고 생각한다. 찍으면 제대로 된 글자가 나오도록 반전되어 새겨져서 읽지 못하는 것인지도 모른다. 그러나 지금은 도장을 찍는 시간이 아니라 탁본을 뜨는 시간이고 그렇다면 반전되지 않은 문자가 새겨져 있어야 한다. 그런데 요철에 종이를 올려놓고 종이에 먹을 묻히는 게 아니라 요철 자체에 먹물을 묻히는 경우는, 역시 탁본을 뜰 때가 아니라 도장을 찍을 때다. 진여는 오래도록 요철을 들여다본다. 이게 내 이름이라고? 한자를 닮은 글자가 몇 개 들쭉날쭉한 크기로 새겨져 있기는 하나 진여는 그 글자를 하나도 읽을 수 없다. 반전된 거라고 해도 그것이 이름자라면 그 정도를 알아보지 못할 수 없다. 그러나 누구의 이름이면 또 어떤가, 어차피 수험 목적과 거리가 먼 수업 시간이라면 뜨기만/찍기만 하면 그만이다. 진여는 덩어리를 들어다가 도장을 찍듯 쾅 하고 종이에 내려찍는다. 쾅, 쾅쾅. 한 번만이 아니라 연거푸 찍어서 종이에 글자를 채워나간다. 꽤 힘을 주었는데도 책상에서는 아무런 소리가 들리지 않는다. 분명 덩어리를 들어 도장 찍듯이 했으나 종이에 찍힌 글자와 요철로 새겨진 글자는 방향이며 모양이 동일하고, 아무리 봐도 진여의 이름은 아니지만 그렇다고 다른 누구의 이름도 아니다. 그것은 이 세상에 존재하지 않는 글자들이다. 쓸 수 없고 읽을 수 없는 글자들이 허공에 떠올라 문장을 이룬다. 알지 못할 내용이 이어진 문장들은 점등되기를 기다리는 네온사인처럼 투명하다. 진여는 어쩐지 거기에 불을 밝혀주어야만 할 것 같아서, 불을 밝히면 그중 한두 글자라도 읽을 수 있는 게 나올지도 모른다는 생각으로 교실 벽을 향해 손을 뻗고, 누군가가 조작해주기를 기다리기라도 한 듯 꼭 알맞은 위치에 붙어 있던 스위치를 올린다. 문장에 불이 들어오지 않는다. 스위치를 내린다. 문장은 아무 반응을 보이지 않는다. 또다시 올린다. 두어 번 깜박이는 듯싶다가 다시 어둠에 잠기는 문장들.[8] 전압이 맞지 않거나 애초에 전기와 연결되지 않은 전선의 문장들. 그렇게 스위치를 올렸다 내렸다 해본다. 문장이 침묵할 때/깜박일 때, 문장은 점등되기를/쓰이기를 그쳐야 한다고 생각하면서도 진여는 같은 동작을 반복한다. 남은 선택지는 지우는 것뿐이다. 아니 아무것도 쓰지 않는 것이 낫다. 사람은 애초에 태어나지 않는 것이 좋다던 고대 비극의 한 행처럼.

하나

둘 셋……

다섯?

진여는 어느덧 스위치를 올렸다 내리는 횟수를 놓치고 만다. 멍하니 있다가 셈을 잊었다기보다는, 진여의 세계에서 숫자라는 개념이 증발하거나 거기 애초에 없었다는 방식으로. 먼 옛날의 원시 부족이 하나 둘 셋 다음에는 많다, 로 넘어간 것처럼. 그래도 올리고 내리고 또 올리고 얼마큼 경과했는지 모르겠는데 손가락이 저려올 때쯤 스위치를 올림과 함께 갑자기 투명한 문장들이 일제히 빛을 발하고, 전선에 과부하라도 걸린 양 점등과 동시에 부서져나간다.

오늘은, 꿈을 꾸는 거야.

루미나리에 한가운데 서 있다가 작은 유리 파편 내지는 폭죽 불씨 같은 것이 튀어 올라 안구를 할퀴었다는 이물감이 남아 있다. 팽창하다가 압력을 견디지 못하고 부서져나간 꿈의 세포들이 여전히 머리카락과 피부 그리고 옷 주름에 들러붙어 떨고 있으며, 진여는 단 한 문장도 읽어내지 못한 채 현실의 리듬과 박자 속으로 진입한 것이 아쉽다. 꿈 배양기 바깥에서 무기는 여전히 모니터링 중이다. 침묵으로 담금질한 공기 속에서 경직되어 있던 잔근육이 녹진하게 풀려간다. 시간이 얼마나 흐른 걸까. 진여는 방심하지 않는다. 직전까지 있었던 어딘지 모를 장소가 꿈인지, 그게 아니면 직전까지 있었던 어딘지 모를 장소가 꿈인지에 대해 생각하면서 무기의 옆얼굴을 올려다보는 지금의 자신이 꿈인지를 선불리 판단하지 않는다. 꿈 증상에서 벗어나는 데 필요한 최소한의 태도가 아이러니하게도 바로 그것이다. 그 무엇도 꿈이 아니라고 단정하지 않기. 옆에 계속 있을 거예요, 아마도 거의 처음부터. 입면(入眠) 과정에서 무기가 했던 말이 떠오르는 걸 보면 여기가 최선의 현실이거나 비교적 현실에 가까운 어딘가일 터다. 그럴 만도 한 것이, 단 한 문장도 읽지 못한 것을 아쉬워할 틈도 없었다가 지금은 단 한 문장도 읽지 못한…… 좀더 시간이 흐르자 단 한 문장도…… 이어서 문장도…… 자신이 왜 문장에 대해 생각하고 있는지 알 수 없고…… 얼마쯤 지나자 문장이라는 키워드 자체가 의식에서 빠져나간다. 따라서 무기가 무엇으로 옆에 있었는지, 있기는 했는지를 알지 못한다. 뇌파를 보면 이쪽이 깨어났다는 걸 알고도 남았을 무기가 시선을 주지 않으니 진여는 안쪽에서 꿈 배양기의 뚜껑을 두어 번 노크한다. 무중력 상태에 놓인 듯 손가락이 마찰하는 소리가 진여의 귀에는 들리지 않으나 무기는 돌아보고 덮개를 열어준다. 이걸로 끝인지 혹은 잠깐 쉬라는 뜻인지 모르는 채로 진여는 몸을 일으키고, 직전까지의 꿈에서 묻어 나왔으리라 짐작되는 잿빛 그림자들이 바닥에 고이는 모습을 내려다본 다음, 자신은 아직 아무것도 시작하지 않은 것 같은데 머리띠를 벗어도 될지 아니면 무기의 다음 안내를 기다려야 할지 망설인다. 무기가 꿈속에 '들어온다'고 한 것은 무엇을 의미하나. 애초에 앉은 자세만 보더라도 내내 깨어 있었던 모양인데 꿈에 들어온다는 게 다 무언가. 무기가 무슨 역할을—명함에 파인 이름대로 현실을 물어뜯는 꿈과 협상을 시도하거나, 꿈의 조율사가 아니라면 최소한 꿈의 진로를 방해하기라도—했는지, 꿈이 기억나지 않으니 진여는 알 수 없다. 그나저나 무기가 저렇게 들여다보는 게 그저 뇌파의 변화 모습만은 아닐 듯싶은데, 꿈 조영기가 촬영한 꿈의 조각을 이어다가 동영상으로 저장하는 중일까. 그렇다면 그 영상으로 무엇을 읽어낼 수 있을까. 진여는 자신의 안에서 일어난 일과 자신이 목도한 장면이 무엇인지 알고 싶고, 무기가 들여다보는 꿈을 자신도 옆에서 확인하고 싶은데, 아무리 덮개가 열렸다지만 꿈 배양기 안에서 일어나 나가는 데에는 도움이 필요하다. 무기의 손은 화면을 계속 터치하고, 어딘가 난감해하는 것처럼 턱을 만지기도 하고 이마를 짚기도 하지만 진여에게로 뻗어오지는 않는다. 진여는 자신이 지금 무기를 바라보는 꿈과 함께 꿈 배양기와 꿈 조영기에 대한 꿈을 꾸고 있을지도 모른다는 가능성 또한 잊지 않는다. 꿈은 현실의 모세혈관이 확장된 발적(發赤)이면서 현실이라는 병증의 발작(發作)이기도 하다는 것을 잊어서는 안 된다.

이때 마침내 무기가 이쪽을 돌아보고—진여가 이 자리에 있는 존재임을 확인시켜주고—그 손이 천천히 조심스럽게 머리띠를 풀어낸 다음, 진여의 손을 잡고 일으켜 꿈 배양기 밖으로 나오는 것을 돕는다. 당신은 내 꿈속으로 들어왔지요. 최소한 내 꿈을 들여다보기는 했지요. 그래서 어떤 분석을 하고 무슨 결론을 내렸나요. 내 꿈과 협상을 시도했나요. 무기는 제 입술에 손가락을 한 번 대어 보이곤 이내 고갯짓한다. 이제 나를 따라오면 당신이 알고자 했던 것을 볼 수 있습니다. 알고 싶었던 것을 보기 위해 장소를 이동해야 한다면 애초에 꿈 배양기 안에 들어갈 필요가 있었을까 싶고, 그렇다면 이곳은 역시 꿈이 이어지는 공간인 모양으로, 현실의 진여는 여전히 꿈 배양기 안에서 눈을 감고 누운 채로, 무기의 부축을 받고서 꿈 배양기 밖으로 나와 걷는 꿈을 꿀 것이다. *옆에 계속 있을 거예요, 아마도 거의 처음부터. 그러나 당신이 그것을 언제 알아차리게 되는지는 특정할 수 없고……* 무기가 말한 때가 바로 지금인 것 같다. 무기는 한 번 돌아보더니 진여의 페이스에 맞추어 한 발자국씩 앞으로 나아간다.

무기가 이끄는 대로 진여는 꿈의 통로를 지나다 문득 멈춰 선다. 돼지 한 마리가 복도를 어슬렁거리는데 무기는 그것이 조금도 이상하지 않다는 듯, 혹은 그것이 시야에 들어오지 않는 것처럼 지나쳐 간다. 무기를 뒤따르던 진여는 그것과 눈이 마주친다. 티끌 한 점 없는 아이보리색 복도와 선명하게 대조되는 잿빛 털. 돼지는 무언가 화난 것처럼, 혹은 경고하거나 예고하듯 짖어댄다. 돼지가 지저귄다. 돼지가 지껄인다. 어째서 개는 짖고 새는 지저귀고 사람은 지껄이는가. 돼지는 울기밖에 못 하나. 그러나 이 모두가 유의어다. 개는 울고 새는 짖고 사람은 지저귄다. 살아 있는 것이 소리를 낼 수만 있다면 누구든 무엇이든 마찬가지고 그래서 돼지는 중얼거리고 키득거리며 진여를 바라본다. 너는 유년이 없고 너는 몸이 없고 너는 이름이 없다. 표현을 바꾸어 요약하자. 너는 네가 없다. 웃음 또는 울음 아니면 외침은 노랫소리처럼 들려와 진여의 부재를 충동하고 존재를 부인한다. 거기서 조금만 더 지켜보면 돼지가 제 입술을 혀로 적시고 입천장을 가다듬어 말을 시작할 것 같아서 진여는 주춤거리고 옆으로 두어 걸음 물러난다. 어느새 무기는 저만큼 앞서가지만 진여는 몇 보 잰걸음을 재우치는 것만으로도 금세 따라잡는다. 그러다 바로 뒤돌아본 자리에는 돼지가 보이지 않는다.

그렇게 따라간 곳은 아가(雅歌)의 한 구절에서 따왔을 법한 실내 정원으로, 문이 열리자 높고 거대한 궁륭이 까마득하게 솟아올라 있고 각종 나무들이 둘러 심겨 있다. 양 떼를 치면서 나리꽃을 꺾어야 할 것 같은 동산, 골짜기에서는 움들이 돋고…… 포도나무 꽃…… 석류나무 꽃…… 호두나무 숲에 이르기까지[9] 낙원의 한가운데를 모형으로 조성한 듯한 그곳에서는 아름답고 즐거운 영혼들이 페트 갈랑트 화풍의 한 장면처럼 뛰어노는 게 아니라, 서른 명 남짓의 사람들이 저마다 아까 본 꿈 배양기처럼 생긴 곳에 들어가 누워 있다. 그들이 누운 침대는 의료진과 카트가 지나갈 만큼의 간격을 두고 배열되어 있으며, 눈을 뜬 사람은 하나도 없고, 진여가 간단한 머리띠를 썼던 것과는 다르게 그들은 자가 호흡을 하지 못하는 듯 산소마스크에 각종 의료 장비를 달고 있는 걸 보면 여기는 중환자실인가 싶기도 한데, 진여는 이 센터가 병원이라는 소리를 듣지 못했다. 애초에 생사가 오가는 병원에서 환자에게 어떤 생리적인 영향을 미칠지 모르는 식물을 심어가면서 중환자실을 정원풍으로 꾸며 놓을 이유가 없다.

그중 한 여인 앞에 무기가 멈춰 선다. 진여는 무기 옆으로 다가간다. 누워 있는 사람들 가운데 일부는 관리상 편의를 위해서인지 치료 목적인지 모두 머리를 깨끗이 밀었기에 언뜻 알아보기 어렵지만 솟아오른 가슴이 옆으로 처져 있어서 여인으로 짐작되며, 민머리에 장착한 머리띠에다

산소마스크가 얼굴의 절반을 가려서 눈가의 주름만 보건대 중장년쯤 됐을 성싶다. 병약하고 창백한 얼굴은 링거로만 영양을 공급받으며 일정 시간 이상 육체 활동을 하지 않은 동안 여러 가지 부작용의 찌꺼기가 혈관과 장기에 쌓이면서 피부에 흔적을 남긴 결과 같다. 어떤 환자분들인가요? 환자를, 그러니까 병원 아닌 데서 이렇게 데리고 있어도 괜찮은가요? 진여가 묻자 주위를 둘러보며 대답하는 무기의 목소리는 외부에서가 아닌 진여의 내부에서 진동하는 것처럼 들린다. 여기는 꿈 배양기를 이용하다가…… 무기가 뒷말을 잇기를 망설이는 듯하나 진여는 왠지 모르게 무기가 하지 않은 말들을 이미 들었고, 듣기도 전에 어쩌면 전생에서부터 줄곧 그 대답을 알고 있다. ……여러 가지 예상치 못한 문제 반응을 일으켜서 깨어나지 못한 분들을 집중 관리하는 곳입니다. 임시 병원이라고 할 수 있고 여기 근무하는 의료진도 계십니다. 예상치 못한 반응이라니, 깨어나지 못한 이들이 이렇게 적지 않다니, 무기가 이 같은 부작용을 말해주지 않고 자신을 꿈 배양기 안에 들여보냈나 싶어 당황스럽지만, 분명 주의 사항을 사전에 알려주고 이 정도의 위험성에 대비해서 동의서도 받았을 텐데, 진여는 자신의 시간과 의식이 엉킨 바람에 그 사실을 떠올리지 못하는 것이거나 혹은 지금이 꿈의 연속이기에 정합성이 부족한 것이라 생각하며 그의 다음 말을 기다린다. 보통의 가위눌림과는 다름이 분명하지만 이를 어떻게 조치해야 할지는 알 수 없어서 처음에는 다만 기다렸습니다. 일주일 만에 깨어나 귀가하신 분도 계시고 보통은 한 달, 심한 분은 반년 이상 깨어나지 못하기도 합니다. 자신에게 무엇이 일어나고 있는지, 자신은 왜 견고하게 이어진 사슬의 잠을 자지 못하고 설령 잠들더라도 악몽(같은 것)만을 꾸는지, 자신에게 주어진 꿈의 신탁은 무엇을 말하는지, 무엇보다 어째서 꿈이 현실의 목을 조르고 일상에 도꼬마리 씨앗처럼 들러붙는지 작은 실마리라도 건지기 위해 꿈 조영술에 동의했는데, 진행 도중 꿈속에 붙들려버린 겁니다. 꿈에서 몰락과 공포와 비탄의 이미지를 마주하여 짓눌리기도 하고 드물게는 꿈속이 달콤한 나머지 거기 그대로 틀어박히고 싶어져서 그럴 때도 있지만, 씁쓸하거나 무미건조하거나 꿈의 내용과는 별반 상관없는 케이스도 의외로 많았습니다. 아무려나 이 분들이 더 이상 인생을 꿈으로 소모하지 않고 현실의 삶을 살아갈 수 있도록, 저 같은 사람들이 이런 분들의 꿈속에 들어가서 현실로 돌아오는 길까지 유도등 역할을 합니다. 꿈속에서 만나는 이미지들이 난폭해지거나 갑자기 파괴되기라도 하면 꿈꾸는 이를 실제로 해칠 수 있어서, 그들을 되도록 부드럽게 달래어 사라지게 하는…… 그러니까 그 이미지들이 꿈꾸는 사람을 자연스레 놓아주도록 유도하는 훈련을 나름대로 받았습니다. 무기의 말을 듣고 주위를 둘러보니, 꿈 배양기 안에 들어간 이들의 친구나 가족인 듯한 사람들이 병문안이라도 온 것처럼 둘러서서 배양기를 향해 몸을 수그리고 말을 거는 모습이 곳곳에 보인다. 어서 돌아와. 기다리고 있어. 그리로 가지 마. 꼭 다시 만나자. 다른 모습이 되어서라도. 진여는 문득 이런 비슷한 말들을 어디서 들은 적이 있다고 느끼는데 언제 어디서 들었는지는 모르겠고 그 말들은 보편의 일상 회화일 뿐이다. 그래도 저는 거짓말은 할 수 없습니다. 무기가 말을 잇는다. 지금 당신이 보는 이 사람은 마야라는 이름으로…… 여기 머문 지 1년 가까이 됐습니다. 꿈 조영술과 함께 무의식 접속을 수차례 시도했는데도 이상하게 그녀가 꿈속에 잠겨버린 요인이라고 할 만한 걸 알아내지 못했습니다. 만성 불면에 시달리고 어쩌다 잠들더라도 그 대부분이 밤의 숙면 아닌 낮의 꿈 증상이라는 점 외에는, 가족 관계도 나쁘지 않고 그전까지 사회생활도 원만하면서 관리를 잘한 덕으로 연세에 비해 건강도 양호한, 그야말로 사회가 추구하는 지극히 평범하고 유익한 일반인이었으며, 주로 꾸는 악몽의 종류도 강도에게 쫓긴다거나 집에서 홍수나 화재가 나는 등 심상하면서도 흔한 패턴을 갖고 있었습니다. 피도 물도 불도 민간에서는 대체로 길몽으로 점친다는 점은 접어두기로 하고, 우리 사회가 해소하거나 조율하기를 원하는 꿈 증상을 검토하고 꿈의 주인을 몽인(夢因)에서 해방시키는 일에는 속신의 설이 유효하지 않은 데다 각 꿈의 규모와 지속 시간부터 다르니까요. 처음 그녀가 센터에 찾아와 도움을 호소했을 때도 꿈 증상의 빈도에 비해 안색은 나쁘지 않았고, 찾아온 이유 또한 본인은 꿈 증상에 어느 정도 익숙해졌지만 이걸 구실로 임원 승진 심사에서 누락될 것 같아서였다고 합니다. 그녀에게 생긴 부작용이 단지 불운과 우연의 중첩인지, 그녀 자신조차 기억에서 지워버린 외상을 입은 적은 없는지, 여러 갈래로 파몽의 실마리를 찾기 위해 우리는 배양기 안에서 1개월 이상 깨어나지 못한 사람들의 심리 진료 기록을 일일이 검토하고 꿈 조영 결과를 비교 분석해본 결과…… 확정이라고 하기 어려우나 나름대로 유의미한 데이터와 가설을 얻었습니다. 그것은 꿈속에 일종의 바이러스 같은 존재들이 있어서, 프로그래밍에 치명적 오류를 일으킬 때와 같이 자신의 의지를 갖고 꿈꾸는 이의 본체를 장악하려 든다는 것이었습니다. 누군가의 꿈속에서는 한 마리의 새가, 다른 이의 꿈속에서는 한 송이 꽃이, 때론 한 덩어리의 바위가…… 한 자락의 바람이. 그 같은 현상은 꿈에서 생물과 무생물, 사태와 사건 등 매개물의 종류를 가리지 않고 구현됩니다. 그런 요소들이 꿈의 주인을 놓아주지 않고, 주인 아닌 노예가 되게 합니다. 그것에 전염된 이는 어느새 자신 또한 꿈을 이루는 지극히 작은 분자 가운데 하나가 되어버립니다. 그 단계까지 가지 않기 위해 우리가 노력하는…… 때로 싸우는 건데, 마야의 경우는 이미 상당히 진행되어 그것에 잠식당한 것입니다.

무기는 손을 들더니 진여 자신조차 어떻게 생겼는지 알지 못하는 진여의 얼굴을 어루만진다.

그리고 그게 지금은 당신입니다.

세상 모든 말의 의미를 적재한 선박이 좌초되기라도 한 것처럼 진여는 무연히 무기의 얼굴을 바라보다가, 배양기 안의 마야라는 여성을 내려다보고 다시 무기를 마주 본다.

당신은, 당신이 누군지를 말할 수 있습니까?

무기의 물음에 진여는 경련에 가깝게 실소한다.

무슨 말씀을 하시는 거예요. 저는……

무기의 손이 닿은 자리에, 정맥(이라는 게 있다면)을 타고 역리적 냉감각이 번져나간다. 진여의 입 밖으로 진여라는 이름이 나오지 않는다. 혀에 자물쇠가 채워졌는지 혹은 혀 속에 뼈가 자라났는지, 목소리 이전에 온 세상의 소리를 잃은 것처럼, 진여라는 이름이 차안(此岸)의 세계에서 퇴출되기를 넘어 태초의 심연에서부터 지워진 듯이, 입속에 아무런 음절도 고이지 않는다. 조금만 더, 더…… 단 한마디만이라도. 그 이름을 발음만 하면 되는데 혀뿌리 깊숙이 팽창한 저항력이 이를 가로막는다.

이제 아시겠습니까.

무기는 두 손으로 진여의 얼굴을 감싸 쥐고 선고하듯 말한다.

당신은 마야의 꿈속에서만 존재하는 사람이라는 걸.

탐침(探針)이 지뢰의 뇌관을 건드린다. 인후에, 어쩌면 난간에 매달려 있던 말들이 구김도 주름도 없이 세계와의 마찰면을 잃고 미끄러져선 발목이 부러져 흩어지는 모습을, 진여는 의아하게 내려다본다. 그 말들을 주워 올려 하나하나 매만지고 뜯어봄으로써 의미를 파악할 수 있기라도 할 것처럼 앉아서 바닥을 손으로 쓸어보기도 하고 그러쥐는 시늉을 해보기도 하나 이미 와해된 말들 사이로 경악과 의혹만이 웅크리고 있다. 추락하고 휘어지고 깨어지고 끊어지는 말 속에 영겁을 가둘 수 있다면. 그러나 이 순간 실제로 가두어진 쪽은, 말이다. 말은 진여의 흉곽 안에. 갈비뼈 안에. 말은 뼈다귀 안에. 말 뼈다귀 말. 말 뼈다귀 말들은 호마(護摩)를 집전해가며 불에 던진들 타지도 않는다. 말이 순식간에 그 자리의 공기를 바꾸면서도 말 자신은 기화조차 하지 않는다. 부서지고, 의미를 잃고서 낱낱의 골편이 되어 진여에게로 와서 박힐 뿐이다. 침묵 가운데 기계장치가 돌아가는 소음이 어디선가 들려오고 진여는 여기 있다. 꿈 배양기를 여러 대 가동하면서 아가풍(風) 정원의 형태를 유지하는 데 투입되는 장치들의 소음일 것이고 진여는 윤곽만이 아닌 실체로 무기 옆에 있다. 질량과 부피를 지니지 않은 존재라면 무기가 얼굴을 만질 수 없을 테니까. 자신이 어떻게 생겼는지 알지 못하나 무기와 접촉이 가능한 이상은 저 마야라는 이와 별개의 존재일 텐데, 진여의 마음으로부터 천 리 길은 떨어진 마야의 몸만이 진짜이며, 진여는 애초에 태어난 적 없이 마야의 꿈속에만 존재하는 허상이라고 무기는 말한다. 그는 아직 목적을 말하지 않았으나 마야는 몸이 있고 존재이며 진여는 몸이 아니고 존재도 아니라 하니 그의 의도는 둘을 결합시키려는 시도 정도가 아니라 궁극적으로는 진여를 마야에게 흡수시키려는 모양이다. 그동안 꿈 증상의 한가운데서, 기다리다가 놓치고 매달리다가 넘어지고 잃고 버리고 버려지고 밀리고 떨어지거나 빠져서 젖고 얼고 녹고 불타고 호흡이 멎고 구르고 묶이고 뒤집히고 갇히고 찔리고 차이고 찢기고 베이면서도 자신이 누군지만은 안다는 사실 하나로 일상의 피막을 깨지 않고 버틸 수 있었는데, 진여가 아는 사실이 진실과 다르다고 한다. 누군지 안다 모른다의 차원이 아니라 그 누구라는 게 존재하지 않는다고, 버틴다는 것도 착각일 뿐 지탱과 유지의 주체가 애초에 없었으며 마야 안에 잠긴 불안정한 몽상이 진여라는 방식으로 구현되어 세상 누구도 알지 못하는 원주율의 끝자리처럼 이어져왔을 뿐이라고 한다. 진여는 자신이 꿈 배양기와 꿈 조영기에 대한 꿈을 꾸는지도 모른다고 긴장을 늦추지 않는 한편 더 난감한 경우로 무기라는 존재도 꿈 증상의 일부일 수 있다는 가능성만을 생각했을 뿐, 그 반대로 자신이 누군가의 꿈속에만 존재하는 인간, 근본적으로 부재하는 인간, 부재는 둘째 치고 인간도 아니며 심지어 생물조차 못 되는 무언가라는 상상까지는 하지 않았는데, 그렇다고 하여 그게 무슨 말씀이세요? 같은 말로 무용한 반문을 할 필요는 없다. 무기의 심플하고 직관적인 말은 이해하기 조금도 어렵지 않지만 그것이 진여 자신에 대한 진술임을 수긍하고 싶지 않을 뿐이다. 아무리 꿈 증상이 창궐하는 예토의 한복판, 살아 있는 모두가 꿈이라는 약을 맞고 수시로 감각의 몽혼(朦昏)에 놓임을 감안하더라도, 당신은 그 어떤 원소로도 이루어지지 않았으며 무슨 빛을 받아도 감광되지 않는 몽혼(夢魂)으로서 생성과 퇴색과 소멸의 이치에 속하지 못한다는 얘기를 듣고 그런가요 몰랐군요, 즉답할 이는 많지 않을 것이다. 농담은 그만두세요 놀리지 마세요 차라리 제가 반복적인 꿈 증상으로 인해 그전까지의 모든 기억을 잃었고 저는 사실 저 아닌 다른 사람이니 제자리로 돌아가야 한다고 말씀하신다면 그나마 그럴듯한데 저더러 사람마저 아니라고 하시면 그건 좀 너무 나갔잖아요, 같은 대꾸도 이 장면에는 어울리지 않는다. 실없는 장난이나 농담이라기엔 무기의 표정은 더없이 선언적이며 경건하다. 그러니 진여가 보일 수 있는 최선의 반응이라곤 그의 말을 인정하지는 않되 그것을 질 나쁜 거짓으로 치부하지도 않는 정도다.

지금 그런 말씀을 하셔도…… 저는 어떻게 받아들여야 할지 모르겠어요.

모른다는 말만큼 얼핏 중립적인 듯싶지만 실은 회피적인 말이 또 있을까. 감당 불가능한 금액의 지불 요구서를 마주하기라도 한 것처럼 진여는 무기의 눈길을 외면하고 고개 돌리며, 무기는 진여가 빠진 망각과 망집의 물에서 헤어 나올 시간을 주기라도 하는 듯 말없이 기다리지만, 무기가 한다는 일의 성격을 대강 들어보자면 이러한 유예는 그리 길지 않을 것이다. 그러므로 진여는 있는 힘을 다해 생각한다. 자신은 마야의 임사 체험의 일부로서 마야가 잠든 동안 몸속에서 빠져나와 스스로의 몸을 내려다보고 있는 그녀의 생령쯤 된다는 뜻인지, 혹은 그녀가 꿈꾸는 과거 기억 어딘가에 불량 섹터로 남은 젊은 시절의 그녀라는 얘긴지.

저는…… 그러니까 제가 바로 이 사람인가요.

지금 비록 항법 장치를 잃은 선박이 되어 경로와 위치의 좌표를 찍지 못하고 부유할 뿐이더라도, 백번 양보하여 진여가 마야의 과거라 하고, 마야가 깨어나기만 하면 진여는 무한한 밤의 구금에서 풀려나 그녀의 일부로서 보통의 삶을 살아갈 수 있을 것이다.

우리의 분석과 판단에 따르면 그렇지 않습니다.

이런 지경에서도 여전히 보통을 구하고 평범을 포기하지 못하는 아이러니의 정중앙에, 무기의 목소리가 화살로 날아와 꽂힌다. 마야와 진여가 조금의 접점도 없는 완전한 남남이며 실상 타인이라는 존재가 누군가와의 상대적 관계에서만 성립한다고 볼 때 진여는 남남의 조건도 갖추지 못한 꿈속의 환상, 마야가 겪는 수많은 꿈 증상 가운데 유독 끈질기고 고집스러운 바이러스라고 한다. 마야에게 흡수될 근거도, 마야의 과거 한 조각을 이룰 단서도 없이 다만 박멸되어야 하는 존재. 처음부터 여기 없었다는 듯이. 흔적도 남기지 않고. 내일의 비옥한 꿈을 발아시키고자 부식토 아래 파묻힐 수도 없는, 꿈속의 연산 오류.

그 판단은 정확한가요.

진여는 자신의 존재로 인해 마야의 현재가 중단되고 미래가 지연되었다고 한다면 최소한 그것에 마음이 쓰일 정도의 감각은 있다. 마음이 쓰인다는 것. 타인을 포착한다는 것. 그 진동을 느끼는 자신이 어떻게 여기 없는 인간…… 아니 있고 없고를 떠나 인간도 아닌……

최소한 물질계에 속한 준거틀에서 나온 것이기는 합니다.

우리나 물질 같은 말을 동원하며 전적으로 자신들의 세계라고 무기가 선을 긋기 전까지는 진여의 세계이기도 했던 곳, 부단하고 견고한 사물의 영역에서 진여만이 배제된다. 무기의 말에 따르면 잠들지 못하는 도시와 꿈 증상만은 그들의 현실에 엄존하는 것이겠다. 마야가 바로 그 꿈 증상자. 그렇다면 꿈 배양기와 꿈 조영기라는 현실의 장치들은, 이렇게 아가풍의 정원에서가 아니라 수상한 뒷골목의 폐가 같은 데서 은밀히 조작되고 있는 건가? 한편 꿈 배양기의 덮개를 만질 수도 있고 무기의 팔을 붙들 수도 있는, 지금 여기 색수상행식(色受想行識)을 갖고 움직이는 이는 누군가. 진여는 무언가로 이루어진 존재다. 산소와 질소와 탄소로 만들어져 있다. 진여가 꿈속의 사람이라면 진여가 거니는 이 공간의 세부 또한 마야의 꿈이어야 할 테고, 꿈꾸는 이가 배양기 안에 들어 있음을 고려하면, 꿈꾸는 이가 꿈꾸는 자기 자신을 꿈꾸는 중이 되고 마는데, 지금 진여의 눈앞에 서서 이 현실을 꿈이라고 말하는 사람, 보이고 들리고 촉지되는 무기의 본체는 어디 다른 외부 세계에서 이 장면을 바라보고 있나. 진여가 꿈속의 존재라고 하는 무기의 말도 꿈에서만 발설된 건 아닐까. 혹은 애당초 꿈 증상이란 것부터가 인식의 포위망을 뚫고 나온 꿈, 현실에 출몰하는 꿈이자 현실을 압도하는 꿈을 가리킬 때, 무기와 배양기와 그 안에 누운 사람들은 모두 물질로 존재하며 오로지 진여만이 현실에 난입한 불청객에 불과한가. 어디까지나 무기의 말이 진실임을 전제할 때, 무기와 만지고 대화하며 여기 이렇게까지 고민도 하고 의심스러워도 하는 진여가 현실 아닌 누군가의 관념이나 상상의 파편이라면, 세상에 현실이라는 게 하나도 없음과 같을 것이다. 꿈에서 벗어나고자 기울인 그동안의 모든 노력과 행위가, 실은 마야의 꿈속에서 만들어진 착각의 일종에 불과하다고. 마야는 출구 없이 새로운 덤불만이 무한히 생성되는 숲에 포로가 되어 있다고. 진여는 착각의 결과물이자 부속품이라고…… 진여는 서 있던 자리에서 몸을 돌려, 무기가 저지할 틈을 주지 않고 몸을 거의 날리다시피 하여 다른 배양기 앞의 문안객들 앞으로 바싹 다가서다가 균형을 잃고 한 사람과 부딪친다. 부딪친 사람이나 옆에 있던 일행은 눈살을 찡그리든지 눈을 휘둥그

레 뜨는 등 반사에 가깝지만 최소한 배척은 아닌 반응을 보인다. 왜 그러시죠 무슨 일인가요 누구세요. 진여는 그들에게 대답하는 대신, 사람들이 나를 인식하고 있지 않느냐고 이래도 내가 허상이냐고 이거 보라는 듯이 무기를 돌아본다. 진여는 무언가로 이루어진 존재다. 무의미의 소음과 무용함의 가루, 그리고 무의식의 충동으로 만들어져 있다. 여전히 얼굴은 무기 쪽을 바라본 채로 조금 전 부딪친 문안객의 팔을 그대로 붙들자, 진여가 만들어냈거나 마야의 꿈속 일부인 문안객은 염려하는 얼굴로 진여를 부축해 일으킨다. 서로가 살과 피를 가진 인간임에 분명하다고 확인시켜 주는 듯한 시선이 허공에서 마주친다. 진여의 팔에 손가락 다섯 개의 힘이 가해진다. 차라리 캐러멜 위에 시나몬을 뿌린 과자라면. 헝겊에 솜을 채워 넣은 인형이라면. *소녀는 무엇으로 이루어져 있나? 설탕과 향신료 그리고 근사한 모든 것들로 이루어져 있지.*[10] 무엇도 알지 못하고 무엇도 결정할 필요 없이, 이대로 시간이 거슬러 흐르지도 화염에 삼켜지지도 못할 거라면 최소한 차가운 버터와 같이 응고되어 속도도 소리도 잃은 무한의 정적을 닮기를 바라며, 진여는 타인들의 손으로부터 천천히 떨어져 나온다. 설령 진여가 원하는 바와 거리가 멀더라도, 뭐가 됐든 대답을 해줄 수 있는 사람은 무기뿐이다.

그러면 나의 본래 모습은 뭔지 아시나요.

그 시간이 역류하지도 불살라지지도 굳지도 않고, 애초에 진여의 세계에서만 존재하며 그러므로 존재하지 않는 것과 같다는 결론을 언급하지도 인식하지도 않기 위해 진여는 노력하면서, 있지 않은 자에게서 본래 모습을 구한다는 우문을, 그럼에도 불구하고 최소한 없음이 있지 않느냐는 오기에 가까운 마음으로 건네는데 이때 머리 위로 스포트라이트가 비추어져서, 빛의 출처와 의미를 짚어보다가 자기가 서 있는 공간이 아가풍의 정원 아닌 원형 무대의 한 복판임을 알게 된다. 수십 명의 사람이 잠든 혹은 잠긴 꿈 배양기는 간데없고 눈앞의 무기는 동료 배우이며 아까 부딪쳤던 방문객들은 진여가 볼 수 없는 방향으로 얼굴을 돌리곤 주연이 대사 칠 타이밍을 재면서 연출팀이 효과음으로 보내는 신호를 기다리는 엑스트라인 양 그대로 무대 가장자리에서 동작을 멈추고 있다. 객석에 앉은 이들의 편안한 관람을 위해 원형의 무대는 톱니끼리 맞물리는 소리를 내면서 느리게 돌아가고 있는데 아까부터 들려온 소음의 정체가 이것이다. 비색 조명이 비추어지는 원형 무대 바깥으로 사람들의 얼굴은 어둠에 가려져 보이지 않으며 거기 사람들이 있다는 사실만을 알 수 있다.

어째서 지금까지 이 사실을 떠올리지 못했던 것일까? 이것은 현실에 꿈이 출몰하는 작금의 시절에 바로 그 꿈의 출몰을 소재로 한 — 주제는 알 수 없거나 처음부터 없거나 있더라도 중요하지 않은데, 그거야말로 건설적이고 실용적인 현실의 뇌과학이 규정하는 꿈의 속성 그 자체이기도 하다 — 막과 장을 지닌 연극의 한 장면으로서, 소극단에 소속된 자신은 생계와 꿈의 일용할 불일치를 견디며 삶을 이어가는 배우임을. 현실이 입을 벌리고, 상악의 미시감과 하악의 고립감이 일으키는 저작(咀嚼)력 사이에서 진여는 의아할 만큼 선명하게 다음의 대사와 흐름을 알고 있다.

본래 모습이라는 건 없습니다.

무기의 입에서 나와야 할 대사가 이런 내용이었던가? 알고 있다는 것 또한 착각인지도 모른다. 진여는 무기로부터 눈길을 거두어 주위를 돌아보지만, 사람들의 눈이 둘러싸고 있을 객석은 제본이 잘못되는 바람에 텅 비어 여백만이 가득한 대본 같고, 여러 각도로 조명 기구에서 떨어지는 빛은 무대 위 진여의 몸을 삼킬 것처럼 회절과 간섭을 반복한다. 한 존재를 집어삼키는 것이 어둠이거나 그림자라는 것은 오래된 편견 가운데 하나다. 어둠이 단지 존재를 은닉한다면 빛은 존재를 눈멀게 하고 녹이며 태운다.

하지만 당신은 나를 보고 있잖아요.

가리지 않고 감지 않은 그 두 눈으로. 진여는 무기에게 보여지고 있다. 보이고 있다는, 보인다는 올바른 피동사로는, 누군가에게 지속적으로 보임을 당하지 않으면 실재의 세계에서 퇴장당하고 만다는 이 절박감을 충분히 담아낼 수 없다. 진여는 과민하다가 과격해지기를 넘어 다만 과도해진다. 정도가 지나쳐야, 정도라고 이름 붙은 범주를 벗어나 과잉이 되어야 비로소 최소한의 양각을 얻고 평면에 감금당하지 않을 수 있다. 과유불급 따위는 무기가 일컫는 그들의 세계에서 질서와 평온을 유지한다는 명목으로 돌출부를 깎아내곤 그것에 대해 매끄럽다든지 깨끗하다든지 중도나 절제미 같은 한없이 바람직한 말들로 우아한 통제를 가하는 그들만의 미덕이다.

내가 당신을 보고 있음이 당신의 모습이 있음을 말하지는 않습니다. 설령 당신의 모습이 있다고 해서 그것이 당신이 있음을 말하지도 않습니다.

그 비슷한 생각을 어쩌면 진여도 한 것 같지만 그건 아득한 전생의 어느 날인 듯싶고, 지금의 진여는 주장할 것이다. 거울에 비치지 않는다고 하여 그것이 내가 없음을 말하지는 않는다고, 세상의 모든 사람이 거울에 비쳐야만 한다는 강박에서 벗어나야 한다고, 거울에든 물에든 비친 자신의 모습을 확인해보았자 이마로 거울을 깨거나, 제 모습과 사랑인지 착각인지 모를 것에 빠져선 물에 뛰어들거나 할 뿐이라고.

지금까지 내가 한 일이나 내가 시달렸던 증상, 내가 겪었고 조각으로나마 떠올리는 기억들은 뭐라고 부르면 좋지요.

처음부터 없던 것이니 거기에 이름을 붙이지 않아도 됩니다. 이름을 붙이는 행위에는 그걸 소유하겠다는 뜻이 담겨 있고, 그중 당신 것은 없으니까요.

그렇게 답하는 무기의 얼굴은 입국 심사대에 선 보안 요원처럼 결벽이 있고 까다로워 보인다. 진여는 그가 있는 국경을 자신이 통과할 수 없음을 인정하고 싶지 않다.

이것도 없고 저것도 없다 하시면, 내가 지금 그 없다는 것 때문에 이렇게 신산스러워도 말인가요.

그 고통 또한 없는 것입니다.

덫에 걸린 맹금류가 죽어가면서 만트라를 읊는 것만 같은 땅 울음이, 진여가 딛고 선 발아래를 길고 느린 템포로 포복하여 지나간다. 약진(弱震)이다.

만약에 말이에요, 내가 사라지고 싶지 않다고 결정하면.

어디선가 땅이 움직이고 있다…… 움직이고 교란되는 것은, 정말로 발밑의 지각인가?

그러면 이 사람은 어떻게 되는 거지요.

그렇게 말하며 몸을 돌리고 손을 아래로 뻗었을 때 진여는 무언가 잘못됐음을 알아차린다. 가리킬 것 없는 바닥을 향해 거리낄 것 없이 지목한 실수. 배양기도, 배양기 안에 든 사람들도 지금은 여기 없고 이곳은 무대 위이며 따라서 마야도 없는 것이다. 이런 대사가 대본에 있었을 리 없다. 그런데 처음부터 대본이라는 것이 있었던가. 삶은 치밀한 계획과 빈틈없는 서사 논리를 지닌 대본이 아닌 즉흥과 충동과 그에 못지않은 변덕으로 이루어져 있지 않은가. 무기가 진여의 처지를 눈치채고 애드리브를 넣은 건지, 그의 대답은 비교적 맥락에 맞게 돌아온다.

깨어나지 못하게 되겠지요.

나는 이 사람의 몸을 숙주로 삼고 이 사람의 의식을 먹이로 삼아야만 존재할 수 있다는 건가요.

그것도 존재의 한 방식이라고 할 수 있다면 그렇게 보아야겠지만, 궁극적으로 그녀의 몸을 차지할 수는 없을 겁니다.

그래서 당신은 나를 파기하러 온 건가요.

당신 입장에서는 그렇게밖에 안 보이겠습니다만 가능한 한 체념(諦念)보다는 오랜 체념(體念)의 결과로 적멸을 선택하기를 권하러 왔습니다.

그것은 구차하게 들리면서도 어느 정도 흥미로운 말이기도 한데, 지금 무기는 그의 말대로라면 원칙적으로 생각이라는 행위가 불가능한 비존재에게 깊이 생각하기를 요청하고 있는 거나 다름없다. 이 또한 마야의 꿈이라 당착이 합리의 외투를 걸치게 되는 걸지도.

그녀가 받는 신체적 충격과 위험을 줄이기 위해서인가요.

그보다는 당신 자신이, 있어도 없는 것과 같으니까요. 꿈이…… 때로는 현실이 그러하듯이.

그런 방법은 없다고 하는데도, 진여는 마음만 먹으면 당장 주도권을 잡고 마야의 영혼을 대체하여 몸에 장착된 다음 남은 그녀 인생을 살아가기라도 할 것처럼 고개 젓는다.

저는 받아들이지 않을 겁니다. 제가 사라지기를 바란다면 단지 그녀가 눈을 뜨기만 하면 되는 일이잖아요.

무기는 현실을 인정하지 않으려는 환각을 오랫동안 대해왔고 이 같은 저항에 익숙하며 한편으론 오랜 옛날부터 대중이 이야기 속에서 이러한 반전을 즐긴 나머지—자신이 사람인 줄 알았는데 사실은 유령이었다든지 사람이라 믿었는데 알고 보니 기계였다든지— 웬만큼 보편적인 패턴이 되어서 이 정도는 예상 가능하다는 듯 담담한 눈으로 진여를 응시한다. 이렇게 상대가 응시를 하는데, 이 시선을 받는 자신이 사실은 어떤 대상도 아니라는 것을 진여는 수용하기 어렵고, 이 어려움이 무대 위 배우가 구현하는 인물의 마음인지 실재하는 인간의 본심인지를 구별할 수 없으며, 그보다 앞서 진여가 진짜 이름인지 무대 위 배역에게 주어진 이름인지도 경계가 지워지기 시작하는데, 배우나 작가의 이름을 그대로 등장인물 이름으로 쓰는 서사적 전략을 취하는 영화며 소설 등의 기획은 흔히 있으니 이상하지 않지만, 진여는 아무리 생각해도 이 무대만 아니라 세상 그 어디에서도 조연 내지 단역에 불과할 자신에게 이렇게 많은 대사가 부여되지 않았을 것 같다.

너무나 간단하지 않나요. 눈을 뜨면 제가 없어진다고요. 제가 죽어요. 그거 하나를 못 해서 저한테 먼저 사라져달라니 부당하지 않나요. 당신의 말을 믿는다고 했을 때, 선후관계만 따지자면 마야가 눈을 감았기 때문에 내가 생겨났다는 거잖아요. 마야가 잠들지 않았다면 내가 없다고요. 그런데 어떻게 본인 스스로 꿈에서 깨어나지 않고서 꿈속의 사람한테 먼저 사라져달라고 할 수 있나요. 현대 과학이 그런 전도된 순서를 가능하게 만들기라도 했나요. 그렇다고 해도 제가 그걸 따라야 할 의무는 없어요.

그러자 무기의 대답은 진여의 통점을 정확하게 가격한다.

당신은 죽지 않습니다.

꿈이 지속된다는 것은 잠이 이어진다는 것이고 잠이 이어진다는 것은 죽음이 끝나지 않는다는 것이다. 끝나지 않는 죽음이라니. 죽음은 종말인데, 종말에 종말이 오지 않는 아이러니.

생물학적인 죽음은 이미 있는 사람에게 오는 것이고, 당신은 최소한 그런 의미로는 있지 않으니까요.

그때 전율 끝에 갈라진 지각이 토해내는 비명 주위로 낙진이 흩어져 쌓인다. 진여의 세계가 온당하지 않은 방식으로 저물어간다. 이어져야 할 액션은 뭐였는지 생각할 틈도 필요도 없이 몸이 움직인다. 진여는 있고 마야는 없고 여기 있지 않은 마야를 위해 자신의 존재를 끝낼 만큼 진여는 이타적이지 않아서 비색 조명을 벗어나 원형 무대 밖으로 뛰어내린다. 객석을 가르고 저 멀리 보이는 육중한 문을 향해 돌진한다. 무대를 떠나고 극장을 벗어나면 이 근본 없는 이야기에서 탈주할 수 있다. 마야와 무수한 없음과 미지와 불가지로 이루어진 세계로부터. 종이를 오려 접어다 붙인 세계, 한번 물에 젖고 나면 가뭇없이 사라지고 말 세계로부터. 없음의 손아귀에서 달아난다고 있음이 있는 곳에 도달할 성싶지 않은데도, 마야의 영혼에 커서를 대고 딜리트 키를 누른다든지 마야의 몸을 우클릭하여 자신의 존재로 덮어씌운다든지 같은 불가능한 가정과 고민이 몸에서 떨어져 나가기를 바라며 무조건 달린다. 어둠 속에서 관객들의 시선이 쫓아와 손아귀를 뻗는다. 이것이 꿈속이라면 아무리 달려도 문에 닿지 않고 쫓아온 사람들의 수많은 손에 포박당할 것이지만, 진여는 문을 열 수 있다. 뒤돌아보지 않고 뛰어나간 로비 벽에는 엘리베이터를 표시하는 픽토그램이 붙어 있어서 화살표를 따라 달리는데 애써 다다른 곳에는 흰 벽만 보인다. 가지 마, 돌아와, 여기로. 귓속에서 달팽이관을 따라 메아리치는 한숨과 속삭임은 더 이상 음향 효과가 아니며 여기는 연극 무대의 일부가 아니고 진여는 덮쳐오는 소리의 파도로부터 도주한다. 벽에 부딪치기 직전 모퉁이를 돌았을 때 잠깐 멈칫한 것은 복도 양옆으로 내용물을 알지 못할 상자와 부대 같은 것들이 천장까지 높이 쌓여 있어서다. 그 방해물들 사이로 난 통로 끝에 화물용인지 대형 엘리베이터가 보이고, 열린 문 앞에서 안전모를 쓴 노동자들이 손짓하고 있다. 무엇인지 모를 짐을 어딘지 모를 곳으로 실어 나르는 일꾼들일 텐데, 화물 아닌 사람도 함께 태워줄 테니 어서 오라는 뜻으로 읽혀서 진여는 적재된 상자들 틈으로 몸을 모로 틀어가며 빠져나간다. 그러나 문 안으로 뛰어들기 직전 다시 한번 그 자리에 멈추고 마는데, 엘리베이터 안에는 이미 많은 사람들이 타서 갓 개봉한 담뱃갑처럼 밀착 상태라 자기가 끼어들어도 되는지 모르겠을뿐더러 그들의 머리 높이가…… 진여의 발과 가깝다. 발판은 어디 있지? 저들은 무엇 위에 서 있지? 그 안으로 뛰어들기 전에는 확인할 수 없다. 몇 걸음 더 다가가보니 여전히 사람들의 몸에 가려 발판의 위치는 보이지 않지만, 그 안에 있는 사람들은 서로 등을 맞대고 기대어 저마다 뭔지 모를 이파리인지 꽃잎인지를 씹고 있는데, 그 표정들은 까무룩 잠이 든 것 같으면서 아포모르핀에 중독된 것처럼 평화로워 보이고, 진여도 그 안에 타면 식물의 향에 녹신거려 자신이 어디로 상승 또는 하강해야 하는지를 잊어버릴 것 같다. 그러니 이건 타면 안 된다는 경계(警戒)와, 뭐가 됐든 타고 여기서 사라져 다른 데로 이행하고 싶다는 충동의 경계(境界) 위에서 진여는 두어 발짝 더 앞으로 나서는데, 문 앞의 노동자들은 재촉하지도 종용하지도 않으며 다만 손을 너울거린다.

그때 언제 다가왔는지 뒤에서 어깨를 잡아채는 무기의 품으로 넘어지면서 두 사람은 로비를 구른다. 제한 시간이 됐다는 듯 눈앞에서 엘리베이터 문이 닫히고, 안전모를 쓴 노동자들은 어디로 사라졌는지 보이지 않는다.

저걸 타면 한층 더 깊은 층위 아래로 빠져들어가요.

진여를 감싸 안은 그대로 귓가에서 가쁜 숨을 몰아쉬는 걸로 보아 무기가 한참을 쫓아왔나 본데, 진여는 어째서 무기에 비해 자신은 조금도 숨차지 않은지 알고 싶지 않다. 자신이 흥분도 하고 활력도 넘치며 역동적인 움직임을 구사하나 그 부산물이어야 마땅할 호흡이나 땀과 같은 생리작용과는 무관한, 존재도 아닌 존재임을 확인하고 싶지 않다.

연꽃이 주는 잠에 취해서 다시는 깨어나지 못합니다.

그런 이야기를 언제 어디선가, 고대로부터 전해지는 한

시인의 기나긴 노래 속에서 들어본 것도 같은데, 그 시 속의 주인공은 아내가 기다리는 고향으로 돌아가야 했고, 진여는 돌아갈 데가 없고…… 그러고 보면 무기가 진여를 붙든 건 진여가 발판 없는 허공으로 빠질까 걱정해서가 아니라 목표물 포획을 위해서인 모양이다.

그럼 안 되나요?

그게 당신이 바라는 바가 아닐 테니까.

제가 바라는 게 뭔지 어떻게 알고요.

그렇게 대꾸하면서도 진여는 무기가 하지 않은 말을 이미 듣고 있다. 알고 모르고를 떠나 당신은 아무것도 바랄 수 없는 존재라는 뜻이지요…… 혹은 타인의 꿈속에만 존재하는 인간, 실은 인간도 아닌 그 어떤 것이 스스로 더 깊은 꿈에 빠져버리면 그야말로 꿈의 본체, 영혼의 집인 그녀의 몸은 회생 불가능합니다…… 대강 그런 말들이려니. 어디까지나 마야가 깨어나도록 독려하고 채근하는 말. 그러나 무기는 이렇게 말한다.

당신이 물었지요. 당신이 곧 그 사람이냐고.

분명 지금 주어진 현실 속에서, 아니 어쩌면 조금 전의 꿈속에서 그런 비슷한 질문을 했던 것도 같은데…… *그러니까 제가 바로 이 사람인가요*…… 이제 와 중요한 것은 곧 그 사람인지 아닌지가 아니라 애초에 진여가 무엇인가 하는 물음이다. 이미 무기가 알려주었다 하더라도 자신의 존재를 앓는 동시에 잃기 위해서는 그 정도 단답으론 불충분하다.

그 사람이 아니기도 하고 그 사람이 아닌 것도 아니라고 말씀드리고 싶었고, 그것이 조금이라도 진리에 가까울 테지만, 저는 굳이 당신과 그녀를 분리하여 말씀드렸습니다. 존재를 둘러싼 시스템이 존재에게 바라는 것이, 꼭 진리는 아니니까요.

진여가 무엇인지를 말할 수 없다면, 무엇이 아닌지 정도는 말할 수 있지 않을까. 무기는 그것이 아무것도 아니기도 하고 동시에 모든 것이기도 하다고 말하는 것 같지만, 그렇게 대답을 열어놓아보았자 진여가 세계의 망막에 상이 맺히지 않는 존재라는 사실은 번복되지 않는다.

*최소한 그런 의미로 있지 않다*는 건 무엇을 말하지요. 그런 의미가 아닌 다른 의미로는 있다는 뜻인가요. 그렇다면 그 다른 의미는 무엇이지요.

진여는 이대로 없어지고 싶지 않고 미명(未明) 아래 하나의 미명(美名)으로나마 머무르고 싶다. 이 마음이 비록 한 치 앞을 분간하기 어려운 어둠에 더 깊이 침잠하는 원인이 된다 해도. 미명(微明)으로 나아간 곳에 자신이 없다면 그 밝음이 다 무슨 소용인가. 그럴 바에는 자기가 속한 세계라고 착각했던 것들마저 지워져버리는 게 낫다. 이 세계는 목탄으로 거칠게 외곽선을 그린 한 개의 장면에 불과하여, 한 조각의 빵만 있으면 부드럽게 지워버릴 수 있다.

의미는 없습니다.

또 그런다.

정말입니다. 현실에서는 당신만이 아니라 나도, 마야도 다른 사람들도 모두 그런 상태에 놓여 있는걸요. 내가 말하는 세계에 당신은 없고 나는 있다고 해서 그게 조금도 대단한 혜택을 받았다고 할 수 있는 일이 아닙니다. 나는 그냥 나라는 상상이 있기에 나한테 우연히 붙은 이름일 뿐이고 이 상상은 다른 사람들에게는 의미 없으니 결국 내가 없는 것과 같습니다. 그리고 그 상상은 내가 완전히 없어질 때 비로소 완성되지요.

그런 생각을 갖고도, 당신은 살아갈 수 있나요.

이 세상이 어디까지나 환승역이라는 생각을 하면 살아낼 수 있지요.

진여도 나름대로 환승역에 머물고 있기는 하나 서 있는 승강장이 무기와 겹칠 일이 없을 뿐이다.

좋겠네요, 여기가 됐든 다른 어디가 됐든 당신은 있어서. 나 없는 곳에 당신은 있어서.

있고 없고 그런 것에 매달리지 않으시길 바랍니다. 인토(忍土)를 떠나면 있음과 없음이 하나랍니다.

여기 아닌 곳에서 다른 조건으로 무기를 만났더라면 조금은 다른 모습으로 함께할 수 있었을지 모르지만 무기는 그 또한 무의미한 가정이라 말하며 진여의 공허에 열파의 날붙이를 댈 것이다. 공허를 찢음은 보통 실체와 의미를 드러내는 행위로 여겨질 테지만 지금의 진여에게는 더욱 철저한 공허, 비었다고 이름 붙일 수조차 없으며 찢는다고 속살을 드러낼 것도 감각할 것도 없는 완전한 무를 가리킬 것이다. 있음과 없음이 질량 보존의 법칙을 이루는 세계라면 왜 자신은 없음의 일부를 이루어야 하는지 이해하고 싶지 않다. *어서 돌아와. 그리로 가지 마.* 그동안 수시로 들려온 속삭임들은 마야의 가족이나 친구들이 배양기 안의 마야에게 건네는 말이었음을 인정하고 싶지 않다. 그녀의 귓속으로 흘러들어온 소리가 단지 공명한 결과임을, 진여는 그것을 들을 귀를 비롯한 어떠한 신체 기관도 없음을 생각하고 싶지 않다. 자신이 마야의 꿈속에서 그녀의 어린 시절이나 청년기의 한 장면을 담당하지 못하고 다만 다양하게 변주되는 무서사의 연극배우에 불과함을 알고 싶지 않다. 마야의 몸을 이룬 입자들 가운데 1의 지분도 확보하지 못하고 탈락하는 무세포, 무분자, 무원자…… 없음의 열거. 없음의 범람. 최소한 없음이 있지 않느냐는 진여의 오기가 오류인 까닭은 없음의 총합이 있음이 되지 않아서다. 없음이 무한히 반복되고 없음의 밀도가 높아진들 그것이 있음을 포섭하지 못한다. 눈앞이 흐릿한 걸로 보아 진여의 없는 눈에서는 눈물이 진짜 살아 있는 사람처럼 흐르는 것만 같은데, 없는 눈으로 눈물 흘릴 만큼 진여는 더욱 과도해지고 있는데, 이대로 과도해져서 마야를 삼키고 자신이 그 몸의 주인이 될 수 있을 것만 같고 잃어버렸거나 처음부터 없었던 과거와 현재 그리고 미래를 획득함으로써 저들이 말하는 삶이라는 것을 살 수 있을 것만 같은데, 그 정도가 허락되지 않는다면 최소한 자신의 말과 생각이 마야에게 흡수되어 그 몸의 일부로 살아갈 수도 있을 것만 같은데, 그것을 위해 진여는 언제까지나 어디까지나 과도해질 것이며, 지나침도 부족함도 없는 간결하고 단정한 균형감각만이 세상에서 유일하게 바람직하다는 가치판단에서 벗어날 셈인데, 이 과도함이 닿아서 닻을 내릴 곳이 없다. 존재한다는 것이 단지 피가 흐르고 들숨과 날숨으로 공기를 교환함이 아니라 또 다른 누군가와 연결됨을 가리킬 때, 진여가 토해낸 실은 어디로도 이어져 있지 않다.

어느새 주위는 로비가 아니라 배양기들이 배열된 실내 정원이며, 무기가 부축하는 대로 일어나자 진여의 눈앞에는 마야가 누워 있다.

이제 제가 무엇을 하면 되나요.

우선 당신이 누구도 아니며 아무도 아니라는 것을 알아 주세요. 그걸 넘어서 누구라든지 아무라든지 그 자체에 의미를 두지 마세요.

무기의 두 팔에 힘이 들어가는 것을, 그 압력과 온기를 진여는 없는 어깨로 느낀다.

그걸 해낸다면…… 어쩌면 지금의 당신을 이룬 극히 작은 일부가 그녀의 것이 되어 그녀 안에서 살아갈지도 모르지요.

무기의 목소리가 진여 몸속의 현 하나를 골라 퉁기고, 없는 몸의 둘레를 그 둔통이 오래도록 베돈다.

그토록 많은 꿈을 송출하는 모니터를 들여다보았을 거면서 실은 당신도 그건 모르는 거군요. 당신 전문이 아닌가 보네요.

꿈에 대한 일인 만큼 아무것도 단언하지 않을 뿐입니다. 꿈을 안다는 건 삶도 죽음도 알게 된다는 뜻이고, 사람은 삼차원의 공간에서 약속된 시간 내에 그렇게 큰 용량의 정보를 처리하지 못합니다.

삶이든 꿈이든 그렇게 거창한가요.

성대 없이 나오는 진여의 목소리는 받아 적을 일 없고 전달할 이 없는 유언장 같은데, 무기는 그것을 종이와 펜이 아닌 몸으로 받아 새기기라도 할 것처럼 진여를 당겨 안는다.

미안합니다. 뭔가 대단하다는 듯이 말했지만 실은 그것도 의미 없습니다.

삶이 아니면 꿈이…… 그것도 아니면 죽음이. 어느 쪽인가요.

그 모두를 포함하여 의미가 의미 없지요.

동어반복 아닌가요.

볼품없어 보이는 반복이야말로 의외로 유일한 진실일 때가 있지요. 의미는 인식의 기착지가 될지는 몰라도 종착지는 되지 않습니다. 때로 의미가 두드러져 보이는 순간도 있겠지만 그것이 허상임을 알 때 인식의 궁극적인 목적은 의미에 있지 않게 됩니다. 이 모든 것은 무엇을 말하는지, 우리는 무엇에 대해 이야기하는지, 그 무엇에 집착하고 무엇인지 모를 무엇에 대해 이야기하는 동안 우리가 놓치고 있는 것이 무엇인지, 저는 그것이 중요하다고 생각합니다. 아니, 말을 바꾸어야겠습니다. 중요한 것이란 애초에 현현하지 않으며 그 이전에 존재하지도 않는다고요.

진여는 꿈 증상이라고 여겼으나 그 세부를 기억하지 못하는 모든 일들 한가운데서 언젠가, 그보다는 수시로 이와 같은 감각에 사로잡힌 적 있는 듯하다. 진여는 절반쯤…… 이윽고 하나도 남김없이 꿈속의 존재로 **환원**된다. 통상의 변형이나 변모와 달리 본래의 모습으로 돌아가기. 진여는 본능이 없는 존재임에도, 존재라고 말할 수 없는 무언가임에도 지금 자신이 이울어가고 있으며 무기에게 인사를 전하든지 뭐라고 한마디라도 건넬 수 있는 마지막 순간임을 본능적으로 알게 되는데, 즐거웠어요 반가웠어요 고마웠어요……? 어느 것도 합당하지 않고 외면수새에 불과하다.

그거 참 시시하네요.

자신을 둘러싸고 흐르는 불가해한 일들이 꿈이 아니라, 자기 자신이 꿈 자체라는 사실을 이해하면서 비로소 꿈은 꿈답게 소멸한다. 파괴나 전소 내지는 분해가 아닌 영원한 망각의 방식으로.

그때 마야라는 이름을 가진 한 사람이 눈을 뜬다.

오랜 잠에서 깨어나 귀환한 이를, 사람들은 환호와 눈물로 반긴다. 환영도 위로와 격려도 그 순간만큼은 거짓이 아니다. 어디까지나 귀환자에 의해 자신이 앉을 의자를 빼앗길 위기를 느끼기 전까지는.

물리치료를 몇 달간 받고 움직일 수 있게 되자 마야는 자신의 의자가 남아 있는지 확인하기 위해 출근을 강행한다. 승진을 앞두고 있다가 기회를 잃었던 만큼 각종 최신 콘텐츠를 요약한 동영상 클립을 통해 1년 사이 빠르게 변한 세계관과 트렌드를 익히며 상품 홍보 방식에 대한 감각을 회복하기 위해 노력한다. 간혹 무언가 잊은 듯싶은, 꿈속에 누군가를 두고 온 것만 같다는 느낌에 사로잡히지만 분주한 일상에 포박되어 오래가지 못하고 그 누군가는 가벼운 두통으로만 남는다. 그것을 잊기 위해서라도 마야는 내용물이 얼마 남지 않은 치약을 짜듯 자신을 쥐어짠다. 그러고도 나오는 것이 없을 때 다음 순서는 튜브를 칼로 찢는 것이다. 사람들은 이 치열하고도 전투적인 회복 의지와 업무 집중도에 의구심을 드러내며, 이왕 이렇게 된 마당이니 조급하게 굴지 말고 치료에 집중하는 게 좋지 않겠느냐는 말로 은근히 휴직을 권한다. 그제야 마야는 한때의 동료와 후배들의 인식에서 자신은 은밀하게 염습 처리된 존재임을 알아차린다. 마야는 그들의 난감함을 이해한다. 그들 입장에서는 죽은 자가 관 뚜껑을 열고 걸어 나온 거나 다름없는 상황이다. 그들은 어디까지나 염려와 사려의 그물을 넓게 치고서 이 중에 한 군데쯤 걸리는 구석이 있으리라는 식으로 말한다. 이미 경쟁하던 동료가 승진하여 부서를 통솔하고 있으니 당분간 간부직 티오는 나지 않을 것이며, 당신의 자리는 언제까지고 비워둘 것이니 충분히 나아진 다음에 오는 것이 서로에게 더 건강한 방법이고, 게다가 당신은 원인불명의 오랜 잠에서 극적으로 깨어났을 뿐 애초의 꿈 증상이 사라진 것은 아니니 그로 인해 처리해야 할 많은 일이 남아 있지 않은가…… 아닌 게 아니라 마야는 귀가 후 드림 피스 뭐라는 센터를 상대로 고소 절차를 밟기 시작했고, 법정

대리인과 사안을 의논하며 증거 자료를 수집 제출하는 한편 필요시 직접 출석 및 발언을 병행하느라 업무 따라잡기에 올인하지 못하고 있다. 한편 꿈 증상은 예전보다 출몰 빈도가 덜해졌어도 완전히 사라지지 않고, 오래 누워 약해진 몸을 끌어올린다고 운동을 강행하다가 무릎 연골과 팔꿈치 부상도 입었는데 나이가 있다 보니 회복은 더뎌서 다니는 병원만 늘어난다. 꿈 증상자는 보장 범위가 넓은 민간 의료보험도 들지 못하여 생활비 지출 규모는 커지기만 하고 그간의 휴직으로 인한 소득 공백도 무시할 수 없다. 그야말로 의자가 아직 남아 있던 게 각별한 배려에 해당하며 기업이 정책의 눈치를 보아가면서 시위하듯 표방한 최대한의 성의다. 소송에서 이겨 보상금이라도 받는다면 형편이 달라질지 모르나 1년간 잠에서 깨어나지 못한 것이 꿈 배양기의 부작용이라는 결정적 증거가 현재로선 없으니 장기전이 될 테고 그 사이 깎여나가는 삶에는 대대적인 추가 보수공사가 필요할 터다. 삶은 한 번이고 하루는 누구에게나 스물네 시간이며 마야는 모든 것을 원할 수는 있으나 한 개의 몸으로 모든 것을 실행할 수 없어서, 제일 덜 중요한 것부터 접어야겠다는 마음으로 날마다 휴대전화의 액정을 만지작거리지만 어느 것 하나 중요하지 않은 일이 없다.

마야는 일단 태어났고 태어남 이후의 모든 일은 죽지 않기 위한 기술과 요령을 배우는 과정임을 알고 있다. 손을 뻗어 움켜쥐지 않으면 빼앗기고 달리지 않으면 뒤처지며 몫을 잃는다. 그 정도의 기초적인 인식과 행위가 없이 숨만 쉬는 사람에게는 삶을 위한 정당한 권리가 주어지지 않으며 마야가 1년간 잃었고 앞으로 잃게 될 것 또한 그것으로, 지금 같아선 자기가 하는 행위가 건강하고 바람직한 전력투구(投球)만이 아니라 투구(鬪毆)여도 상관없고 나아가 자신이 투구(鬪狗)로 사는 일도 가능할 것 같다. 질주해본들 남들보다 이미 서너 바퀴가 뒤처진 마야는, 여기서 조금만 더 자신을 몰아붙이고 끌어올리면—점잖은 표현을 배제하고 누구인지 혹은 무엇인지 모를 것과 치고받든지 차라리 그냥 개가 되어버리면—그 격차를 한두 바퀴 정도로 메울 수 있을 텐데, 백 보의 격차를 고작 50보로 줄여보았자 들려올 말이라곤 50보나 백 보나 거기서 거기라는 조소뿐일 것을 알면서도, 죽지 않기 위한 모든 투혼 발휘 끝에 도달하는 곳이 죽음이라는 아이러니를 틈틈이 상기하며, 신물이 올라오는 걸 삼킨다. 참가에 의의를 두고 완주를 목표로 삼는 레이스란 지난 세기에나 존재했던 망령들의 입바른 당위로만 가득한 유지(遺旨)에 불과하다. 그리하여 여러 노력의 일환으로 마야는 진작부터 꿈 증상 제거를 위해 각종 수면요법과 심리 상담과 보조 장치 사용을 비롯하여 고대 요가 명상까지 안 써본 수단이 없는 것이며, 그중 하나인 꿈 배양기에 들어갔다가 인생이 통째로 로그아웃될 뻔한 것이다. 아무리 자기 손으로 동의서에 사인했지만 그거야 이런저런 수술이나 시술을 받을 때 어딘가 부당하다고 느끼면서도 의무로 작성해야 하는 동의서—척추마취 부작용으로 하반신 마비가 올 수 있으며 기타 예기치 못한 합병증이 발생할 수 있음을 알고 이의를 제기하지 않겠습니다—와 다를 바 없고, 그 동의가 지난 1년에 대한 손해배상 청구를 포기할 이유는 되지 않는다. 변호사와는 일단 꿈 배양기에서 흘러나오는 특정 전파가 전두엽 변연계를 손상시켰거나 그 기능에 영향을 미쳤으리라는 방향으로 끌고 가기 위한 물밑 작업 중인데, 센터에서는 자신의 몸 상태를 사전에 제대로 파악하여 알려주지 않고 자필 동의서도 쓴 원고의 선택에 책임을 묻는 쪽으로 몰아가고 있다. 퇴원 후 촬영본에 따르면 마야의 뇌에 이상이 없을뿐더러, 없는 이상을 캐내자고 몇 번이나 머리를 찍어보기도 부담스럽다. 가장 최근에 찍은 마야의 뇌 영상은 꿈 증상을 처음으로 심각하게 받아들이기 시작했을 무렵 원인 규명을 위해 시행했던 검사 결과와 큰 차이가 없다. 언론에서 꿈 증상이라는 말이 구체적으로 언급되기 전, 사람들이 자신의 체질과 정서를 비롯한 총제적인 자기 관리 쪽으로 혐의를 얹어두고 이것저것 시도

해보기 전. 과도하게 오랜 꿈의 여행자가 되어 일상의 뿌리가 남아 있기는 한지, 전기신호가 변연계에 정상적으로 전달되고 있는지를 알아보고자 찍었던. 그러나 의사가 판독한 영상은 마야에게 나타나는 발작 몽유 이인증 실인증 작화증 기억상실 지남력 장애를 포함한 모든 결여에 대한 단서를, 그때도 지금도 주지 않는다.

변호사와 상의하여 꿈 증상의 빈도가 다소 줄었다는 진술은 빼기로 했는데, 다소라는 말 자체가 주관적 느낌이기도 하거니와 너무 오래 잠들어 있는 동안 대량의 꿈을 생산-소비해온 결과로 생긴 일시적인 감소세일 수 있고, 드림 피스 뭐라는 센터에서 도움받은 게 전혀 없이 손해만 입었음을 강조하기 위해 이 부분은 병원에도 당분간 감출 생각이다. 줄어들기는 했으나 지금도 꿈은 무시로 현실의 급소를 가격한다. 마야는 출근하다가도 한 마리 새가 되어 바닷속을 헤엄치다 수초에 휘감겨 날개가 부러지며, 퇴근하다가도 한 마리 물고기가 되어 모래바람 사이로 날아간다. 덩어리로 빚은 말을 삼키고 말을 토해내고 그 토해낸 말을 씻어내며 때론 주워 담는다. 사무실 창을 때리는 빗물을 바라보다 문득 흘러내리지 않고 그 자리에 매달려 있는 한 방울의 물에 시선이 붙들린다 싶을 때 그 물방울 안에 빨려 들어가 갇힌다. 물방울에 마야 자신의 모습이 비치고/비치지 않고, 어느 쪽이 자신의 본래 모습이냐고 물방울 안의/바깥의 사람에게 묻는 순간 물방울 안에 비친/비치지 않은 모습이 진짜가 되고/되지 않고, 사무실에 실제로 있는 마야와 물방울에 맺힌/맺히지 않은 상의 위치가 뒤바뀌며, 마야는 자신을 가둔 물방울이 터지지 않도록 출렁거리는 물분자에 전력으로 매달리고, 중력과 무게를 버티지 못한 물방울이 깨어져 바닥없는 허공으로 떨어지다가, 어떻게 자신의 몸이 산산조각 나지 않았는지 의아해서 고개 들어보면 회의실 바닥에 주저앉아 탁자 다리를 끌어안고 있는 스스로를 발견하게 된다. 회의가 이미 끝났으며 사람들은 모른 척 시치미를 떼고 회의실을 나가면서 파몽 후의 마야가 무안해하거나 자괴감에 빠지지 않도록 회의실 문을 친절히 닫아주기까지 한 것인데, 예전 후배이자 지금 상사에게 물어보니 마야는 자기 순서에 맞게 프레젠테이션 후 추가 질의응답도 수행했다 한다. 그러나 회의 종료 후 보니 당신이 경직되어 아무 데도 시선을 두지 않고 멍하니 앉아 있기에, 회의실에는 달리 뾰족한 물건이 없으며 창문도 강화유리 프로젝트형이라 안전 문제는 괜찮겠다 싶은 마음으로 다들 눈짓 한번 주고받곤 당신만 두고 나왔다고, 후배 상사는 자상하면서도 방어적인 태도로 말한다. 이런 식으로 마야가 자신을 둘러싸고 벌어진 일들에 대해 의아해하는 동안 어느새 업무 일과가 끝나 있다. 일부 임원들은, 그거 그 증상이라는 거 말이지 대체로 무해하고 어느 때는 심지어 편리하지 않느냐고 굳이 고치려 애쓸 거 없겠다고 도대체가 일하고 먹고 자고 일상생활 다 되는데 그게 증상인 건 맞긴 맞느냐고, 우려를 베이스로 하나 은근히 조소를 얹어서 말한다. 그 옆에서 과거 마야의 동기였던 임원이, 예를 들어 95퍼센트의 일상이 가능하더라도 사람의 사고나 사업의 무산을 비롯한 각종 재해는 5퍼센트 안에서 발생하므로 무시할 수 없으며 건강한 사람들이 5퍼센트의 폭탄을 끌어안고 사는 사람들을 배려해야 한다고 공손한 어투로 이의를 제기하는데, 그것이 역성을 드는 건지 무시 또는 배제를 하는 건지 모호하다고 마야가 느끼는 이유는, 동기였던 임원이 이어서 이렇게 묻기 때문이다. 그런데 자기가 아까 발표한 내용이 뭔지는 알고 있어?

언론에서는 여전히 꿈 증상에 대응하는 신약이나 보조장비가 개발됐다든지 그것들의 임상이 아직 승인되지 않았다든지 학회 연구 보고가 나왔다는 등 새로운 이슈가 있으면 보도를 내기는 하지만, 성과가 지지부진한 날들이 이어지는 동안 증상자들 또한 자신의 환상과 통증을 드러내기보다는 감추고 칩거하는 비율이 늘다 보니 비증상자인 사람들의 눈에 당장은 띄지 않는 존재가 되고, 정책 자료나 미디어에서 꿈 증상에 대한 언급은 점점 줄어들며, 요즘은 증상자들이 없거나 드물어서 그리 신경 쓸 게 못 된다는 인식이 고개 드는 한편 처음부터 그런 병은 존재하지 않았다는 크고 작은 음모론이 나오기도 하고, 가끔 메인으로 언론을 타는 경우는 꿈 증상자가 큰 인명 사고를 냈거나 본인이 사고사했을 때, 아니면 범죄를 저지르곤 꿈 증상 탓이라고 주장할 때 정도다. 마야는 육교를 건너거나 지하철을 타러 가다가 층계의 개수를 세어보고, 언제까지고 끝나지 않는 층계가 어디까지나 깊은 심연으로 들어갈 작정인지 까마득해질 때마다, 자신이 믿는 것을 보아야 할지 보는 것을 믿어야 할지 그것도 아니면 아무것도 보지도 믿지도 말아야 할지 알 수 없어진 채로, 믿음과 봄 사이에서 갈피를 잃고 빛이 꺼진 사물과 사태 들의 죽음을 응시한다. 정말로 이 도시에서는 꿈 증상자가 박멸되다시피 했는지, 주위를 털어보아도 마야 자신만이 고망지국의 백성인지 궁금해진다. 무엇이든 해낼 수 있을 것만 같고 타인들에게 인정받고 싶었던 젊은 날의 마야는 한때 부락지국의 백성이 되기를 희망한 적도 있었지만 이제는 중앙지국으로 망명할 길조차 영원히 잃은 것만 같다.[11]

자기가 아까 발표한 내용이 뭔지는 알고 있어?

솔직히 드문드문 기억할 뿐이고, 머지않아 마야는 그 드문드문 기억한다는 사실도 기억하지 못하게 될지 모른다. 그리고 내일은 또다시 꿈의 군도(群島) 가운데 무작위의 한 지점에 불시착하여 이 회사가 아닌 다른 회사로 출근하거나 그 어디로도 출근하지 않을지도. 그러나 이상하게도 발표와 질의응답까지 마친 뒤 임원들이 못마땅해하며 건넸던, 그러나 하찮기 이를 데 없던 말들만은 머리 위로 드리워져 벗어날 수 없는 그늘로 남는다. 상품을 말이야, 소비자한테 좀더 그, 밀착, 응? 그렇게 전달하는 기획은 안 나오나? 퇴원해서 그렇게 공부를 하면 뭐 하나. 공부가 아니라 감각의 문제라고 해도 말일세. 자네 누워 있기 전에도 이걸로 몇 번 얘기가 나왔다고 아는데 아닌가? 그 말에 마야는 꿈으로부터의 탈각을 위해 잡을 수 있는 여러 지푸라기를 둘러보던 날들 끝에 어쩌다가 센터까지 찾아가게 됐는지를 바로 엊그제 일처럼 떠올린다. 지금은 사외이사가 된 당시 임원이, 마야의 프레젠테이션이 끝날 때마다 모두가 보는 앞에 세워두고 지적했던 사항들을 떠올린다. 자네는 소비자들의 안목에 대한 믿음으로 만든 기획이라고 강조하는데 사실 우리가 해야 할 일은 전적인 믿음이나 불신 같은 가치판단을 하기보다는 그들의 지갑을 여는 것이지. 그러려면 어떻게 접근해야겠나. 딱 직관적으로, 의무교육을 받은 사람이라면 세상 그 누구든 설령 그게 어린애라도 한 번에 이해할 수 있게. 알잖아? 소비자를 우회하도록 만드는 순간 외면당하는 걸세. 그들을 수고스럽게 해선 안 되네. 당신들이 애써서 이리로 들어오시라고 백날 손부채 펄럭여보았자, 얻어걸린 거나 다름없이 특수한 일부 예외를 제외하고 대체로 선택받는 건 이쪽에서 문턱을 낮추고 그들에게 확 다가간 경우지. 앉은자리에서 편안하게 한입에 쏙 들어가게, 그렇다고 언제 그게 영양가는 제로에 소금이랑 기름만 잔뜩 친 인스턴트 팝콘이라고 했나? 있을 건 있고 외관도 기가 막히게 얹어놓은 카나페 같은 걸 생각하게. 한두 번 해봐? 스토리텔링, 공감대 자극. 바로 내 이야기 같게. 이야기가 없으면 아무것도 없는 거라고. 상품에 서사를 부여하게. 재미와 감동을 담으라고. 웃음이나 눈물을 뽑고 명확한 메시지를 전달하게. 핵심은 지체 없이. 상품을 보는 이가 고개를 옆으로 갸웃하는 순간 이미 그건 끝난 걸세. 자네가 제안한 프로젝트가 지금까지 대체로 우리의 고개를 몇 도나 모로 기울어지게 했는지 돌이켜보게. 지금 내놓은 물건도 그 꿈 증상인지 하는 것과 별반 차이가 없잖나. 자네와 꼭 같은 꿈을 꾸는 사람한테라면 혹시 또 몰라, 세상에 내 맘 같기만 한 사람이 없다는 게 문제지. 그럼 자네가 뱉어낸 건 뭐가 되겠나. 기승전결이 뚜렷한 서사를 지니고 다정한 위로와 긍정을 전하는 꿈 이야기가 될까? 저 혼자만 아는 헛소리나 잠꼬대가 되겠지. 우리가 이런 기초적인 지적을 해야겠나. 상품에서 보여주어야 할 것은 콘텐츠고, 콘텐츠에 닿기까지 진입 장벽은 낮거나 없을수록 좋네. 경로 이탈 없이, 진로 방해도 없이. 혼자 예술 한다고 달려들지 말라고. 자네 가방끈 길고 생각 많은 거 잘 알겠으니까 그거 안 보여줘도 된다고. 그 습성 못 버리면 건강과 상관없이 다음번 인사는 아웃이야. 임원의 말은 마야가 꿈 배양기에서 깨어나 일반 병원으로 옮겨진 다음, 다른 신경과 환자들을 문안하고 돌아가던 교인들이 그녀의 잃어버린 시간을 동정하고 머리맡에서 읽어주던 성경 구절을 떠올리게 한다. *밭을 가는 사람은 먹을 것이 넉넉하지만, 헛된 것을 꿈꾸는 사람은 지각이 없다……*[12] *꿈이 많으면 헛된 것이 많고, 말이 많아도 그러하다.*[13]

꿈속의 세계가 명료하고 정확하며 정연한 질서에 지배받았더라면 마야는 거듭되는 환화(幻化)에 침몰당할 일이 없었을 테고 수상쩍은 센터의 꿈 배양기에 갇혀 허송세월하지 않았을 것이다. 적당함이 창궐하고 적절함이 범람하는 세계의 이분자가 되어 과도함을 벗하지 않았을 것이다. 꿈은 생각의 연장선에서 좀더 뻗어나가 확장된 세계에 불과하며 그 세계에 자신이 분명히 존재하는 한 꿈 역시 삶의 일부이니 세상에서 이를 가리켜 '증상'이라고 이름 붙이는 행위에 너무 연연할 필요 없다고, 심신 수련 요가 때 강사가 최대한 이완의 언어로 말해주지만, 어차피 마야는 현실을 살아가는 사람이고, 현실에서 마야에게 영향력을 행사하는 사람들이 꿈을 인식에 핀 곰팡이나 할퀴어진 세계의 찰과상 내지 현실의 표면에 일어난 보풀 정도로 간주한다면, 마야는 그들에게 동의하지는 않더라도 최소한 수용하는 시늉은 해야 한다고 여긴다. 그리하여 사랑이든 죽음이든 무엇이든 숫자와 그래프로 환산 가능한 세계에서 꿈이 문제의 근원이라면 일과 중에 꿈의 파도에서 허우적거리는 것만은 한 번이라도 줄여보자고, 업그레이드된 꿈 배양기를 들여왔다는 센터에 제 발로 찾아간 기억이 바로 엊그제의 일처럼……

그런데 혹시 정말로 그게 엊그제인 건 아닌가? 마야는 걸음을 멈추고 주위를 둘러본다. 꿈 증상의 빈도가 줄어들었다는 것도 꿈속에서의 감각에 불과한 건 아닌가? 깨어난 뒤로 줄곧 무언가 잊은 듯싶던 느낌이 바로 이것 아닐까? 엊그제 꿈 연구소에 갔고—어쩌면 왔고, 지금 여기가 바로 꿈 연구소이며—바깥세상의 1년이 지났다는 것은 꿈속의 설정값일 뿐 마야는 지금 꿈 배양기에서 하루 이틀 정도 꿈을 꾸는 중일지도 모른다. 이틀 사흘만 되어도 마취제를 맞지 않은 보통의 사람이 잠자는 시간으로는 지나치게 길다.

눈에서 꿈을 털어내야 하고 잠에서 깨어나야 하는데 꿈이 여전히 눈썹에 눈물처럼 매달려 눈곱과 함께 덩어리진 채 굳어가고, 꿈이 입천장에 들러붙고, 녹아내리지 않는 탐착이 혀끝에서 쓴맛을 내고, 칠판 가득 적힌 꿈의 이미지가 지우개로 아무리 문질러보아도 지워지지 않고, 마야는 마야이면서 마야가 아닌 것 같고 이런 의구심을 갖는 지금 여기 있는 사람은 누구인지에 대한 질문을 누군가에게 하고 싶어질 때, 언제 이런 데까지 걸어왔는지 고개 들어보니 수령을 짐작할 수 없는 커다란 나무가 안개 너머에 서 있다. 어디선가 풍겨오는 분향 냄새는 이 나무한테서 나는 걸까. 그나저나 여기는 어느 공원이며, 도시의 공원에 이렇게 큰 나무가 있었던가.

거기 누가 있어요?

기웃거리며 불러보자, 매복해 있던 암살자와 같은 몸짓으로 한 사람이 나무 뒤에서 모습을 드러낸다. 마야가 모르는 얼굴인데 선한 눈매와 매치가 안 되게 손에 권총을 들고 있다. 공원에서 수렵이라도 하나. 장총도 아닌 권총으로. 그러다가 총을 든 사람이 자신에게로 다가오는 걸 보며 마야는 뒷걸음질한다. 거리를 좁힐 틈을 주지 않고 뒤돌아 빠르게 걷는다. 여기는 어디지? 어디로 달아나는 게 제일 좋은 선택이지? 그가 누군지 모르겠지만 왠지 위험하다는 것만은 알겠다. 이거야말로 꿈 증상일 것 같은데도 마야는 자기 손등을 꼬집지 못한다. 빠르게 걷기를 넘어 어느새 달리기 시작하는데, 주위를 둘러보니 공원이라기엔 너무 넓고 음산한 숲이다. 얼마 가기도 전에 마야는 커다란 손에 어깨를 붙들리고, 그 손이 호쾌한 몸짓으로 마야를 돌려세운다. 이렇게 올려다보면 그 얼굴은 사외이사인 것도 같고 동기였던 임원 같기도 하며 후배였던 상사 같기도 한데 한편으론 태어날 기회를 잃은 아이 같기도 하다.

누구신가요?

그렇게 묻자 상대방은 마야의 어깨를 붙든 그대로 자애로운 미소를 짓고는 도리어 말한다.

그건 당신에게 물어보아야 할 말입니다.

누구에게요? 제가 누구냐고 말인가요?

저는, 저인데요……라는 말이 금방 나오지 않는다. 꼭 그런 게 아니더라도 이 사태에 할 수 있는 여러 가지 말들이 많이 있을 테지만, 경직된 서술어들 사이로 혼란스러운 주어들이 투척되며 유용한 목적어마다 구차한 부사어가 들러붙는다. 상대방은 갑자기 들고 있던 권총의 총구를 마야의 입에 틀어넣더니, 도대체가 이 도시에서는 자기가 누구인지 바로 말할 수 없는 사람을 쏘아 죽인다는 법이 있기라도 한 건지 마야가 생각하거나 놀라거나 저항할 틈을 주지 않고 방아쇠를 당긴다. 마야는 비명을 지르지도 못하고 그렇다고 죽지도 않고 입안에 무겁고 둔탁한 충격과 진동이 전해지긴 하는데 머리가 날아가지는 않은 모양이며 어떻게 된 일인지는 몰라도 일단 공포에는 확실히 사로잡혔으므로 그 자리에 주저앉는다. 입속에 무언가 들어 있다. 총알? 그런데 한두 개가 아니라 여러 개의 작은 자갈 같은 것이, 마야가 뭐라고 한마디 말이라도 하려 들 때마다 살아 있는 것처럼 입천장과 혀를 훑고 돌아다닌다. 아, 그거겠구나. 총에 맞아서 이가 모두 부러져 나온 것이다. 그런데 턱은 여전히 붙어 있다니 이상한 일이다. 자신의 온전한 얼굴을 만지작거리다가 문득 마야는, 태어나서 처음으로 해보는 생각이라도 되는 것처럼, 무언가 중요한 것을 기억해낸 것처럼……이 아니라 지금 막 세상에 태어난 것처럼 마음속으로 묻는다.

나는…… 그러면

나는, 누구의 꿈속에 있는 사람이지?

바닥에 무릎을 꿇고 흙과 한없이 가까워진 자세로, 입속에서 올공거리던 것을 뱉어낸다. 이도 자갈도 아니다. 마야가 뱉어낸 씨앗에서 비로소 현실이 돋아난다.

그리고 마야는 의혹이라는 이름을 지닌 이물의 먹이가 되어 혼란의 위벽 안에서 녹아가고, 존재하지 않는 모든 것들과 한 몸을 이룬다. 부재야말로 세상에 존재하는 유일한 것이자 모든 것이다.

연휴를 맞이하여 평소보다 인파가 몰린다. 사람들이 꽃과 나무, 불탑에다 각종 구조물 옆에서 돌아가며 사진을 남기는데, 그중 이 절에서 수령이 제일 오래된 한 그루의 보리자나무 둘레로는 간이 울타리가 쳐져 있다. 거기 바싹 다가가는 사람들은 많지 않고, 프레임 안에 담기 위해 되도록 멀리 떨어져서 사진만 찍는다. 이 나무로 목탁을 깎고 열매로는 염주를 만들기 때문에 보호한다는 목적이 아니다. 예전에는 그런 격식과 예법을 차리기도 했으나 지금은 단가 문제가 있어서 일부 수행자와 승려 들을 제외한 평신도들이 사용하는 염주 대부분이 대량 생산된 수입산으로, 반드시 보리자나무로만 만들지 않는다.

딱 따 따 따다다닥

예불하는 소리가 바람에 실려 온다. 소리가 나뭇잎을 어루만지고 나무줄기를 부드럽게 휘감는다. 며칠 전 비바람으로 떨어진 나뭇잎과 꽃잎이 흙바닥에서 뒤엉킨다.

그 마개 얼른 닫지 그래. 벌레 들어가. 사진을 찍고 자리를 이동하기 전 주스를 한 모금 마시던 이에게 일행이 눈치를 준다.

나무 진짜 크다.

그러게. 속은 좀 곪았을걸. 수피도 군데군데 벗겨졌고.

저 울타리 안에 꽃 좀 주워가면 안 될까. 말려서 끼우고 싶은데. 다이어리에.

자잘하게 다 흩어졌는데 뭘 주워 줍긴.

송이로 뭉쳐서 떨어진 것도 있는걸.

안 들어가는 게 좋아. 아, 가지 마. 돌아와. 거기 울타리 둘러놓은 이유가 내가 알기론……

사르륵, 그때 나뭇잎 사이에서 길고 넓은 끈이 풀려 나오면서 나무줄기를 타고 흘러내린다. 주스를 마시던 이는 무심코 그쪽을 바라보다가, 흘러내린 것이 끈이나 부러진 나뭇가지가 아니라 하얗다 못해 투명에 가까운 뱀이라는 것을 알자 그 자리에 병을 떨어뜨리고 비명을 지르며 도망간다. 일행도 엉겁결에 따라 달린다. 떨어진 병에서 새어 나온

음료가 흙바닥에 옹당이진다. 어디선가 개미들이 모여 온다. 용의주도하게 빠져나간 개미가 있는 반면 음료에 빠져 허우적대다가 움직임이 멎어버리는 개미도 있다.

어디로도 가지 않고 사람에게 덤비지 않으며 꼭 저 나무에 붙어서만 지내온, 얼마나 오래 살았는지 모를 뱀이 있어서 울타리를 쳐놓았다고 한다. 이 절에서 가장 오래 산 스님이 당신 젊었을 때부터 보아온 뱀인데 처음 한두 번은 쫓아보내려고 막대기에 걸쳐다가 다른 데에 풀어주었으나, 이튿날 보면 다시 나무에 와서 붙어 있더라고. 혹시나 여러 마리가 나무 아래 우글거리나 싶어 주변의 땅도 파보았지만 다른 놈은 더 나오지 않으니 다시 한번 막대기에 걸어다가 이 절의 부지 거의 끝까지 가서 깊은 숲에 풀어주었는데, 이때는 설마 싶어서 뱀의 꼬리에 실을 묶어 표식으로 삼았고 그 뱀이 그대로 돌아왔음을 확인했다고 한다.

그러고 나니 무언가 살아 있는 것이 제 원하는 자리를 잡았다는데 계속 몰아낸다는 게 여래의 뜻이 아닌 것 같고, 이것도 상서로운 징조인가 싶기도 하여, 먼저 다가가지 않는 한 탈은 없지만 일단 방문객의 안전을 위해 나무 가까이 가지 말라고 울타리를 쳐두었다는 것이다.

대부분의 사람들은 겁먹고 울타리를 넘지 않지만, 투명하도록 흰 뱀은 쉽게 구경할 수 있는 게 아니라 일부러 그것이 나타날 때까지 울타리 너머에서 지켜보면서 기다리는 방문객도 있다고 한다. 특히 햇빛 눈부신 날에 그것이 나무를 감싸고 있으면 그 위로 빛이 반사되어 몸 전체가 무지갯빛으로 빛난다고 하여 그걸 보러 오는 사람도 있다고.

그리하여 제 몸에 무지개를 드리운 뱀은 보리자나무 줄기를 타고 밑동에 내려와 똬리를 튼다. 꿈속인 듯 평화로운 모습이다.

발밑에서 개미들이 죽어가는 동안 많은 사람들이 동시에 떠들면서 보리자나무 옆을 스쳐 지나간다. 대부분은 절에 관광을 왔으니 어디가 예쁘고 무엇이 볼만하고 같은 내용인데, 걷다 지쳐 쉬어가는 사람들은 일상의 담화를 나누곤 한다. 가볍고 번다하나 나름의 무게와 밀도를 지닌, 개개인의 역사들. 기억의 날실과 망각의 씨실이 엮인 자리에 위조 변조 날조 창조가 와펜처럼 덧대어진다. 등 뒤에서 목이라도 조르고 싶은 상사, 버리고 싶은 가족, 갚지 못한 빚, 실적에의 압박, 퇴직에의 고민, 불가능한 여행, 기대에 미치지 못한 시험 결과 판정, 석 달 뒤 태어날 아기, 미래의 소망과 질병과 죽음같이 사소한 동시에 전부인 일들에 대하여, 백 명의 사람이 스쳐가면서 들려주는 백의 이야기가 나무의 몸체에 나이테처럼 새겨진다. 이 과정에서 가위눌린 흔적들이 잎맥을 부풀린다. 몽엽(夢葉)이 된 몽엽(夢魘)의 조각하나하나가 땅속에 뿌리를 내리며 양분을 빨아들인다.

마침 우리 사무실에도 꼭 그런 사람이 있어서 휴직원을 냈더라고. 꿈 증상자 얘기는 요즘 별로 안 나와서 자연 소멸 각이 잡히는 줄 알았는데 아닌가 보더라…… 그런데 맞다, 어제 나 이상한 꿈 꿨다. 들어볼래? 산책의 속도로 걸으면서 말하는 사람들의 목소리가 끝까지 다 들리지 않으므로 그 뒷이야기는 변형되거나 상상으로 펼쳐진다. 속삭임과 외침과 웃음 들을 원료로 하여 꿈의 용광로는 제련에 들어간다. 사람과 사물 들이 놓인 자리가 바뀌고 그것들이 보유한 온도와 그들이 가라앉은 깊이가 서로에게 척력을 행사하며 전도를 거듭한다.

나무는 꿈을 꾼다. 깊고도 오랜 꿈을, 그 자리에서. 바람결에 실려 오는 기원의 노래와 원망의 잡담을 들으면서, 희구(喜懼)나 설움이나 분노나 집착을 담은 그 어떤 사소한 말 하나 그대로 흘리지 않고 자신의 코르크층 안에 쌓아나가며, 사람과 자신이 분별되지 않는 세계를 꿈꾼다. 왜곡과 기대와 예언을 질료로 삼은 꿈들이 수피 아래를 미끄러지듯 흘러가며 언어의 영역을 구축하고 세계를 구성한다. 관념의 속살과 물질의 표면이 서로를 넝쿨처럼 엮고 경련하면서 꿈의 부피를 키운 끝에 꿈과 현실 사이에 연장선을 긋는다. 흐르는 물과 떠가는 공기와 그들로부터 숨을 입은 무언가가 세상에 존재하는 한, 이 같은 상호작용과 긴장은 영원히 종결되지 않는다.

한 그루의 나무가 꾸는 꿈을, 지금 여기서 누군가가 살고 있다.

미주 · 참고 문헌

미주

1. 드니 디드로, 『달랑베르의 꿈』, 김계영 옮김, 한길사, 2006, p. 85.
2. Ponto Geniculo Occipital waves(뇌교슬상후두엽파). 렘수면 때 활성화되는 뇌파.
3. 수면과 각성 사이의 중간 정도 되는 의식 상태를 통칭하며 자각몽 외에 유체 이탈과 종교적 신비 경험도 포함시키곤 한다.
4. Der ewige Jäger: '방황하는 네덜란드인'과 유사한 패턴을 지닌 독일 전설로, 사냥에 미쳐 주일에 교회를 가지 않고 비웃다가 저주받아 숲을 헤매게 되거나, 잡아선 안 될 이상한/신성한 동물에게 총을 쏘았다가 영원히 잡을 수 없는 사냥감을 뒤쫓는 저주를 받게 된 사냥꾼 유령의 이야기들이 있다.
5. 이 세상은 영원한가, 영원하지 않은가? 세상은 끝이 있는가, 없는가? 목숨이 곧 몸인가, 목숨과 몸은 다른가? 여래는 마침이 있는가, 없는가, 마침이 있기도 하고 없기도 한가, 마침이 있지도 않고 없지도 않는가? 만동자의 이 같은 물음에 대한 대답을 세존이 주지 않았음과 더불어 근본적인 설명도 판별도 불가함을 가리켜 무기(無記)라고 한다. 『중아함경』 제60권의 「전유경」 참고 (『중아함경 4』, 월운 옮김, 동국역경원, 2006, pp. 501~02).
6. "우리는 꿈을 만드는 것과 똑같은 재료이며, 짧은 우리 인생은 잠 속에 둘러 있다"(윌리엄 셰익스피어, 「폭풍」 156~58행, 『셰익스피어 전집』, 이상섭 옮김, 문학과지성사, 2016, p. 1641).

7. “마지막에 온 이 사람들은 한 시간밖에 일하지 않았는데도, 찌는 더위 속에서 온종일 수고한 우리들과 똑같이 대우를 하시는군요.” [……] “친구여, 나는 그대를 부당하게 대한 것이 아니오. 그대는 나와 한 데나리온으로 합의하지 않았소? [……] 그대에게 주는 것과 꼭 같이 이 마지막 사람에게 주는 것이 내 뜻이오.”
「마태복음」 20:1~16 참고.

8. 린 레비탄과 스티븐 라버지는 “꿈 제어의 한계 실험: 전등과 거울 경험”이라는 제목의 연구를 통해, 개인이 꿈의 진행 방식을 얼마나 자유로이 결정 및 변형할 수 있는지를 알아보았다. 피험자 스물일곱 명이 꿈속에서 전등 스위치를 조작하거나 거울을 들여다보는 시도를 했는데 이때 참여자의 약 50퍼센트인 열두 명만이 스위치를 조작했을 때 점등에 성공했다고 답했다. Lynne Levitan and Stephen LaBerge, “Testing the Limits of Dream control: the Light and Mirror Experiment”, 1993.
http://www.lucidity.com/NL52.LightandMirror.html 참고.

9. “나의 임은, 자기의 동산, 향기 가득한 꽃밭으로 내려가서, 그 동산에서 양 떼를 치면서 나리꽃을 꺾고 있겠지. [……] 골짜기에서 돋는 움들을 보려고, 포도나무 꽃이 피었는지 석류나무 꽃송이들이 망울졌는지 살펴보려고, 나는 호두나무 숲으로 내려갔다네.”
「아가」 6:2, 6:11 참고.

10. 마더구스 가운데 한 곡으로 전문은 다음과 같다.
What are little boys made of?
What are little boys made of?
Frogs and snails
And puppy-dogs' tails;
That's what little boys are made of.
What are little girls made of?

What are little girls made of?
Sugar and spice,
And all that's nice;
That's what little girls are made of.

11. 『열자』 제3편 「주목왕」에 등장하는 나라들. 고망지국은 낮과 밤의 구별이 없고 그 나라 백성들은 잠을 많이 자며 50일마다 한 번씩 깨어난다. 깨어나서는 꿈에서 한 일을 사실이라고 생각하며, 깨어나 눈으로 본 일을 다 허망하다고 생각한다. 중앙지국의 백성은 낮에는 깨어 있고, 밤에는 잠자고 있다. 낮에 깨어서 하는 일을 사실이라 하고, 꿈속에서 보는 것을 다 허망한 것이라 한다. 부락지국의 백성은 분주히 뛰어다니고 휴식이 적으며, 항상 깨어 있고 잠을 자지 않는다.
12. 「잠언」 12:11.
13. 「전도서」 5:7.

* 본문과 미주의 성경 구절 인용은 대한성서공회 성경전서 표준새번역(1993)을 텍스트로 삼았다.

참고 문헌

- 국경복, 『꿈, 심리의 비밀』, 나남출판, 2019.
- 데이비드 랜들, 『잠의 사생활』, 이충호 옮김, 해나무, 2014.
- 데이비드 콕스헤드 외, 『꿈이란』, 이희정 옮김, 평단, 2013.
- 데이비드 폰태너, 『꿈의 비밀』, 원재길 옮김, 문학동네, 1998.
- 로저 에커치, 『밤의 문화사』, 조한욱 옮김, 돌베개, 2008.
- 리우원잉, 『꿈의 철학』, 하영삼 · 김창경 옮김, 동문선, 1993.
- 리처드 와이즈먼, 『나이트 스쿨』, 한창호 옮김, 와이즈베리, 2015.
- 민성길 외, 『최신정신의학』 제6판, 일조각, 2015.
- 슈테판 클라인, 『어젯밤 꿈이 나에게 말해주는 것들』, 전대호 옮김, 웅진지식하우스, 2016.
- 에른스트 페터 피셔, 『밤을 가로질러』, 전대호 옮김, 해나무, 2018.
- 에반 톰슨, 『각성, 꿈, 그리고 존재』, 이성동 · 이은영 옮김, 씨아이알, 2017.
- 캐런 캐플런 솜즈 외, 『신경정신분석으로의 초대』, 려원기 옮김, 학지사, 2020.

추천의 말

이 소설에서 우리는 『위저드 베이커리』의 환상적 모티프, 스릴러적 서사, 비판적 현실 인식을 만날 수 있다. 『바늘과 가죽의 시詩』 등에서 징후를 본 철학적 성찰의 힘을 느낄 수도 있다. 하지만 이 소설은 거기서 더 멀리까지 나아간다.

무엇보다도 '마야'와 '진여'의 꿈/현실에 대한 이야기지만, 이 소설은 프로이트식의 정신분석과는 거의 관계가 없다. 차라리 불교적 사유의 소설적 창안에 가깝다고 해야 한다. 현실과 비현실, 이곳과 저곳, 이것과 저것, 끝내는 너와 내가 구분되지 않는 지경에 대해 이토록 집요한 소설을 나는 보지 못했다.

"당신은, 당신이 누군지를 말할 수 있습니까?" 이 질문을 중심으로 선회하는 이야기의 종국에는 한 그루의 나무가 서 있다. 이 보리자나무는 깊고도 너른 뿌리를 지니고 있어서, 우리가 발 딛고 서 있는 세계 자체인 것만 같다.

이장욱(소설가)

꿈이 아니다. 꿈에서 그렇다고 믿는다. 꿈을 꾸고 있다는 사실을 꿈에서 잊게 되는 순간을 현실에서 다시 마주한다. 현실이 존재한다는 가설, '사물의 있는 그대로의 모습'이 여지없이 무너져 내린다. 이것은 '이야기'가 아니다. 요약할 수 없는 글, 그러니까 메시지를 섬멸한, 어긋난, 바로 엊그제의 일, 눈 깜짝할 사이, 어쩌면 1년에 관한 글, "쓸 수 없고 읽을 수 없는 글자들이 허공에 떠올라" 이루어낸 문장들이다. 현실-비판이자 삶이며, 동시에 없음-제거이자 죽음인, "무시로 현실의 급소를 가격"하는 이 꿈들, "고망지국"의 고해성사로 이루어진 이 꿈의 미로를 통과하며, 언어로 서로 연결되는 의미의 세계, 가지런한 이분법적 판단들, '색수상행식(色授想行識)'은 '설명도 판별도 불가함' 판정을 받는다. 촘촘한 문장으로 지어 올린 이 꿈의 해부학은 경이롭고 독창적이다. 이 포에틱 '판타지'를 펼쳐 드는 순간, 당신은 단 한 순간도 읽기를 멈추지 못할 것이다.

조재룡(문학평론가)